NHKオトナヘノベル

ネトゲ中毒

NHK「オトナヘノベル」制作班 編

金の星社

NHKオトナヘノベル

ネトゲ中毒

本書は、ＮＨＫ Ｅテレの番組「オトナヘノベル」で放送されたドラマのもとになった小説を、再編集したものです。

番組では、おもに十代の若者が悩んだり困ったり、不安に思ったりすることをテーマとして取り上げ、それに答えるような展開のドラマを制作しています。人が何かに悩んだとき、それを親にも友だちにも、また学校の先生にも相談しにくいことがあります。そんな悩み事を取り上げて一緒に考え、解決にみちびく手がかりを見つけだそうとするのが「オトナヘノベル」です。

取り上げるテーマは、男女の恋愛や友人関係、家族の問題、ネット上のトラブルなどさまざまです。この本では、「**ネットゲーム依存**」「**ネットトラブル**」をテーマとした作品を集めました。いずれもＮＨＫに寄せられた体験談や、取材で集めた十代の声がもとになっているので、視聴者のリアルな体験が反映されています。

もくじ

著者紹介

鎌倉 ましろ（かまくら ましろ）

長野県生まれ、千葉県在住。著書に『小説なかよしホラー　絶叫ライブラリー　悪魔のログイン』（講談社）がある。

また、樫崎茜名義での作品に、『ボクシング・デイ』『満月のさじかげん』『ぼくたちの骨』『声をきかせて』（いずれも講談社）など。近著、アンソロジー小説『あまからすっぱい物語 3 ゆめの味』（小学館）に「その夏の、与之丞」が掲載されている。

ハデス・バトラー
～破滅(はめつ)の女神～

鎌倉ましろ

1　ダブルデートのさそい

——最初から、いやな予感がしてたんだ。

話のはじまりは、夏休みが明けた九月。

高校二年の夏といえばいろいろある。気の早いやつは予備校の夏期講習に通って受験勉強を始めるし、部活やバイトに明けくれるやつもいる。

オレ、本条司(ほんじょうつかさ)は、部活もバイトも予備校もない、ゆっる〜い夏休みを満喫(まんきつ)して、学校に復帰した。そうしたら、クラスメートの澤田(さわだ)の雰囲気(ふんいき)がなんとなくかわっていた。なんていうんだろう、そうだ、あか抜(ぬ)けた感じだ。いつも目がかくれていた長めの髪(かみ)をこざっぱりと切って、眉毛(まゆげ)なんかも整えてやがる。もともと中肉中背(ちゅうにくちゅうぜい)だったけど、心なしか体が引き締まったようにも見えた。

澤田とは、ときどき*SNSでやりとりしていたけど、文字からはそんな変化が伝わってこなかったのでおどろいた。

「なんか、おまえ……かわったな」

オレがストレートにそう言うと、澤田は「そうかな？」なんて言いながら、まんざらでもなさそうに頭をかいた。

「じつは、カノジョができたんだよ」

「………」

その瞬間、オレは「あ」の口のままかたまったね。だって、カノジョなんて、高二の男子なら、喉から手が出るほどほしいに決まってるじゃん。しかも、うちは男子校だ。女子とのかかわりは皆無といっていい。あっ、古文担当の関谷先生は女だけど、オバサンだから除外する。


SNS……メッセージのやりとりや、写真の投稿・共有などができる、コミュニティ型のインターネットサービス。

オレが口をあんぐり開けていると、澤田は、はにかんだように笑いながら、スマホを差し出した。

「右側の子がそうだよ」

見たくねぇって！　澤田のカノジョなんか見たくねぇって！

頭の中でリトルなオレが叫び声をあげていたけれど、好奇心というやつにはかなわなかった。結局、オレはその写真をガン見してしまったのだった。

か、かわいい……。かわいいじゃねぇかよ！

「なんで、澤田のくせにカノジョなんかつくってんだよ！　っていうか、どこで知り合った？　名前は？　年いくつ？　タメ？」

だめだ。戸惑いと怒りが大きすぎて、つい矢つぎばやに質問してしまった。

オレのあまりのけんまくに、教室にいたほかのやつらも「澤田、カノジョできたの？」「マジで？」「オレにも写真、見せろよ」なんて言いながら、大挙して押しよせてきた。

　まったく、これだから男子校ってところは……。

　澤田はクラスの飢えた野郎どもに片っ端からスマホの写真を見せながら、夏休みに駅近くのカフェでバイトしていたこと、そこでカノジョと知り合ったこと、カノジョはこのへんではわりと有名な女子校に通っている同い年だということを、ぺらぺらと話し始めた。

「いいよなぁ、リア充」

　気づけば、オレの口からはそんな言葉がもれていた。同意するように、何人かがはげしくうなずいてる。

　澤田がそんなオレに同情したのかどうかはわからない。その晩、家でマンガを読んでいると、澤田からスマホにメッセージが届いた。

「えっ。なになに……ダブルデート？　オレに紹介？　おいおい、マジかよっ」

そこには、来週の土曜日、駅前のカラオケボックスで、澤田とカノジョ、その友だち、オレの四人で、カラオケデートをしないかと書いてあった。

「行く、行く！　行くよ！　その友だちってかわいいの？」とメッセージを送ろうとして、オレはごくりとつばを飲みこんだ。

カラオケデートにさそってもらえて、すごくうれしい。

で、でも……。そもそも、どうしてオレは男子校なんかに入ったのか？　なぜ、共学を選ばなかったのか？

学力が問題だったんじゃない。女子が苦手だからだ。

苦手であって、決して嫌いではない。いや、むしろ、大好きだ。大好きだからこそ、ぜひとも仲よくなりたい。近づきたい。けれど、仲よくなりたいと思う女子にかぎって距離がちぢまらないどころか、普通に話すことすらままならない。タジタジしてしまって、言葉がうまく出てこない。それで、つい、ぶっきらぼうに振る舞ってしまう。

結果、オレは女子に好かれないというわけだ。

　共学だった中学時代の苦(にが)い思い出がぶわっとよみがえってきて、オレはぶるぶると頭を振(ふ)った。

「あ、あれは、中学時代のオレだろ？　今はちがうぞ。もう高校二年になったんだし。きっと、以前のオレよりは対人スキルがアップしてるはず。いや、絶対にアップしている！」

　オレは自分に言い聞かせてから、澤田(さわだ)に「ＯＫ」と、あまり必死な感じが出ないようにスタンプを送った。

「よし！　うまくいけばカノジョをゲットできるかも。何を歌おうかな～」

　オレの頭の中はダブルデートのことでいっぱいになった。

2 デート当日

めぐってきた土曜日は、秋のにおいがする風が吹いていた。

そんなことを感じてしまう自分がくすぐったくて、オレは待ち合わせ場所のカラオケボックスに着くまでに、軽く百回はにやけた。

まったく不安がなかったわけじゃない。澤田がいるから会話につまることはないだろう。けれど、やっぱり、はじめての子と会うのは緊張する。それが、ゆくゆくは自分のカノジョになるかもしれない女の子ともなれば、なおさらだ。

予定よりもずいぶん早く着いてしまったオレが店の前で待っていると、通りの向こうから澤田と二人の女の子がやってきた。

「悪い。待ったか？」

「いんや。ちょうど今、来たところ」

私服姿の澤田はやけに大人っぽく見えた。オレは澤田と軽く話しながらも、横目でちらちらと女の子をうかがっていた。

たぶん、髪を下ろしているほうが澤田のカノジョで、バッグを持っているほうがその友だちだろう。茶色っぽい髪を編みこんでアップにして、リボンの髪飾りでとめている。ショーパンからのびた白い足を目にした瞬間、心臓がドキッとした。

「紹介するよ。こちらが上原すみれさん。そして、こちらがぼくのカノジョの筒井はるかさん」

「はじめまして、上原です」

「こんにちは、筒井です」

「ほら、本条も自己紹介しないと」

「あ、ああ。えっと、本条司っす。……よろしく」

「よろしくっ」

「よろしくねー」

なんでこういうとき、もっとうれしそうに話せないんだろうな。オレの声は不機嫌そのものって感じの低いトーンだった。それでも、上原さんはオレと目が合うと、にこって感じで笑顔を見せてくれた。

か、かわいい。

でも、笑ってる女の子の顔なんか直視できない。

はずかしさのあまり、オレは上原さんからすっと視線をそらした。ただ、頭では笑顔を返さなくちゃいけないと思っているから、そらす直前にふんって感じで鼻から息が抜けてしまった。もちろん、緊張していたからそうなったんだけど、なんだか相手を見くだしているみたいな、いやな笑い方になってしまった。

最悪だ。そんなつもり全然なかったのに、高慢ちきな男だと思われたにちがいない。

オレはますます上原さんを見られなくなってしまった。

と、そのとき、澤田が話しかけてきた。

「じつは、彼女たち、昼ごはんがまだらしいんだよね」

「あぁ、そうなんだ。オレは食ってきたけど」

オレがそうこたえると、澤田が「あちゃー」って感じで顔をゆがめた。

「えっ、なに？」

「もし、本条くんがよければだけど、ファミレスで軽く食べてからカラオケに行かない？　バイト先で割引券をもらったから、カラオケボックスでフードをたのむよりも安くつくと思うの」

と、澤田のカノジョの筒井さん。

オレが低い声で「別にかまわないけど」とこたえると、筒井さんは「ありがと。じゃ、行こうか」と言って、上原さんと肩をならべて歩きだした。

筒井さんと上原さんが歩いていく後ろを、オレと澤田がついていく。

「あのさ、本条」

少し歩いたところで、澤田が話しかけてきた。

「なに？」

「おまえ、機嫌でも悪い？」

「まさか！　どうして、そうなるんだよ？」

「だって、明らかに不機嫌だろ。口数が少ないし、無愛想だし。もし、機嫌が悪いんじゃなければ、なんで、もっと女の子に気がつかえないんだよ」

「えっ、えっ、気づかい？」

「そうだよ。自分から会話を振るとか、荷物を持ってあげるとかさ、いろいろあるだろ？」

そう言われて、あらためて澤田を見ると、右手で水玉模様のトートバッグを持っていた。

ああ、なるほどね。だから、筒井さんは手ぶらなのか。

「本条もカノジョがほしいんだろ？　だったら、『バッグ持つよ』でもなんでもいいからさ、上原さんに声かけてこいよ」

澤田に背中を押されたオレは、一歩、二歩、女の子たちに近づいた。

だ、だめだ！　あと五十センチ……。たった五十センチの距離がどうしてもちぢまらない！

まるで背後からストーキングしているみたいな状態で歩いているオレを上原さんが振り返った瞬間、「きゃっ」と小さく悲鳴をあげた。

「な、なんですか？」

タメなのに、いつの間にか敬語になってるし。

オレ、がんばれ！　とりあえず、何か言え！

「えっと、あの……バッグ持つよ」

よし！　言えた！

ほっと胸をなでおろしたのもつかの間、「いいです」とことわられてしまった。

えっ、なんで？　澤田ぁ〜。

オレは恋愛マスターの澤田を振り返った。だけど、澤田は「行け、行け」とあごをしゃくるばかりだ。

そっか。そうだよな。きっと、上原さんは遠慮してるんだ。そう結論づけたオレは、上原さんからなかば強引にバッグをひったくった。

上原さんが、さっきよりも大きな声で「きゃーっ！」と叫ぶ。

その声にビビったオレは、うっかりバッグを落としてしまった。

ああ、なんでだよ。なんで、そんなところに水たまりがあるんだよ！

ピーカンに晴れた秋空の下、ビチャッとバッグが水につかる音がした。

上原さんが今にも泣きだしそうな顔で、足もとの水たまりを見つめている。

「ご、ごめん」

もちろん、オレはあやまったが、印象が最悪であることにかわりはない。

とりあえず、目的のファミレスには入ったものの、オレたち四人に会話はなかった。

その後も、オレなりにあやまったけれど、上原さんはうつむいたきり顔を上げようともしなかった。筒井さんもオレの存在を完全無視。さすがの澤田も打つ手なしとみなしたらしく、もそもそとサラダを食うばかりで、関係の修復には協力してくれなかった。

結局、オレたちはカラオケには行かず、ソッコーで解散した。

家に帰ってスマホをのぞくと、「カノジョにめちゃくちゃ怒られたじゃないか。おまえのせいだぞ」と、澤田からメッセージが届いていた。

「あー……オレのバカ。死んじゃえ。くそっ」

オレはそうつぶやいて、ベッドに倒れこんだ。

3　ネトゲにはまる

　ダブルデートの一件を気に病(や)んだオレは、「女の子」「話せない」「デート失敗」「*コミュ障(しょう)」などのキーワードを検索(けんさく)しまくった。

　ネットの掲示板(けいじばん)や質問サイトには、オレと同じような悩(なや)みを抱(かか)える男が山のようにいることがわかった。みんな、学校や職場の女の子たちと、うまく話せずに悩(なや)んでいるようだ。

　最初は、同じような仲間がいることにホッと胸(むね)をなでおろした。いくつかアドバイスも書きこまれていたし、応援(おうえん)のコメントもあった。

　そして、オレは、そこに書かれていたアドバイスを忠実(ちゅうじつ)に実行して無事にカノジョをゲット……したわけではない。サイトのバナー広告として、たびたび画面に登場す

コミュ障(しょう)……「コミュニケーション障害(しょうがい)」の略。人とうまく話すことができない、ひどく人見知りするなど、対人関係において意思や感情をうまく伝達できない状態。

るネットゲーム、通称ネトゲで遊ぶようになっていったのだった。

❖

「ちょっと、司。いるんでしょう？　返事くらいしなさいよ」

その日、学校から帰ったオレが自分の部屋のパソコンで「ハデス・バトラー」をやっていると、母さんが入ってきた。

「なんだよ？　勝手にドアを開けないでくれる」

「あんたが返事さえしてくれれば、こっちだって、こんなところまで来やしないわよ。やだ。またゲームしてるの？　もうすぐ中間テストでしょう。いいかげん、勉強しなさいよ」

わざわざ、それを言うために部屋まで来たのかよ。

「わかった、わかった。わかったからさ、ちょっと出てってくれない？」

　ゲームを中断されたオレはイラッとして、母さんを部屋から追い出した。

　年頃（としごろ）の息子の部屋に入ってくるとか、マジ勘弁（かんべん）。

「母さんはパートに行くから、夕飯は冷蔵庫（れいぞうこ）の中のものを温めなおして食べてね。父さんが帰ってきたら、あんたが支度（したく）してあげてよ。父さん、いまだにうまくレンジが使えないんだから。時間があったら教えてあげてくれない？」

　なおも廊下（ろうか）から話しかけてくる母さんに、オレは「はいはい」と適当に返事をして、ゲームを続けた。


　今、オレがやっているのはＭＭＯＲＰＧ（エムエムオーアールピージー）といって、多人数同時参加型のロールプレイングゲームだ。

「ハデス・バトラー」は、突如（とつじょ）として魔族（まぞく）が出現した、とある惑星（わくせい）が舞台（ぶたい）になっている。人類は生存権（せいぞんけん）をかけていくつもの勢力をつくり、たびたび襲（おそ）ってくる魔族（まぞく）の攻撃（こうげき）

にたえ、ときに他勢力を吸収しながら、自分たちの陣地を広げていく、という設定だ。

「ハデス」とは、ギリシャ神話に登場する「冥界の神」のことで、「死者が行く場所」という意味もあるらしい。

ただし、何がなんでもこのとおりにプレイしなければいけないわけではない。プレイヤーの中には、自身の攻撃力を高めることにのみ興味を持っている者や、レアアイテムの収集に精を出している者、初心者の手ほどきをして「ハデス・バトラー」のおもしろさを知ってほしいと願っている者など、さまざまいる。

――(コーダル)ごめん。ちょっとじゃまが入った
チャット用の小さな画面にそう文字を打ちこんで送信すると、

――(レザン)おかん?

すぐに、チームリーダーのレザンさんから返事が届いた。レザンさんは、初心者にこのゲームの手ほどきをすることに使命を燃やしているプレイヤーの一人だ。コーダ

ルはオレ。

二週間前、「ハデス・バトラー」にログインしたはいいけれど、ルールもわからず、仲間も知り合いも見つけられず、ホームとなっているクワンラオネの街でぼっち化していたオレに声をかけて、パーティーに引き入れてくれたのがレザンさんだった。

レザンさんは、どうしたら効果的にレベルアップできるか、オレの性格やアバターの性質も考慮したうえで、スポーツ選手のトレーナーのように、オレにとって効率のいいメニューを考えてくれる。アバターというのは、ゲーム内でのプレイヤーの分身のことだ。

レザンさんは、「ハデス・バトラー」連続三十五時間プレイの神記録を持っているだけあって、この世界にはめちゃくちゃくわしい。

――（コーダル）まあね。追い出してやった

オレが返事を送るとすぐに、

――（アラン）そろそろ行こうぜ

アランさんからメッセージが届いた。

武闘家のアランさんも、レザンさんのパーティーに参加しているメンバーの一人だ。

ほかに、フィンさんという、レアアイテムの収集に命をかけているトレジャーハンターもいる。ちなみに、オレは剣士を選んだ。レザンさんと同じ職業だ。

――（レザン）よし、再開だ！

――（アラン）足手まといになるんじゃねぇぞ

オレは臨戦態勢に入った。

今日は、月に一度の大規模イベントの日で、オレたちは、とあるダンジョン（迷宮）を探検中だった。魔族の中でもめったに出会うことがないとされている人型モンスターに出くわして倒せば、一気にレベルアップが期待できる。

そして、この日、このダンジョンで、オレは「運命の女神」と出会うことになる。

4　運命の女神

その女神の名前は、キャリー。

キャリーは、ダンジョンを探検中だったオレたちに「助けて！」とメッセージを送ってきた。

白地の小ざっぱりとした修道服。足首に誓いの鎖を巻いているということは、職業は白魔道士でまちがいないだろう。肩掛けのバッグからは、彼女の旅の友とおぼしき天空のリスがちょこんと顔を出していた。

そんなキャリーのすぐわきには、光るソードをかざして、顔を般若のようにゆがめた人型モンスターがいる。

どうやら、キャリーはダンジョンを探検中に敵にとらえられてしまったようだ。

オレたちはレザンさんを中心に作戦を立てると、彼女の救出とモンスターの討伐を同時におこなうことを決めた。

モンスターは、パーティーの中でいちばん弱いオレに油断しているはずだ。

オレはレザンさんの指示どおり、すばやくアランさんの盾に身をかくした。

レザンさんの合図で、オレは敵の目玉に飛びかかった。

攻撃音と同時に走る稲妻。

すぐに、死角に身をかくす。

直後、今度はレザンさんのベガの剣がさく裂した。

続いて、リゲルの斧をかついだアランさんが突進していく。

重々しい攻撃音。

けれど、まだ攻撃がたりないようだ。敵のゲージはゼロになっていない。ヤバいぞ。

ここで相手が回復系の呪文でも唱えてみろ。千載一遇のチャンスを失うことになる。

オレはモニター上で仲間のようすをうかがった。

渾身の一撃を加えた直後のアランさんは、まだ次の攻撃に移れそうにない。斧を使ったパワー系の攻撃は威力がすさまじい反面、連続攻撃にむいていないのだ。

トレジャーハンターであるフィンさんは、こんなときは相手のお宝を盗むことで頭がいっぱいで、チームプレイなんてできないはず。

こういうときこそ、レザンさんにたよりたいところだけれど、さっき、うっかり開けてしまった宝箱に入っていた毒蛇にかまれた傷がまだなおっていないから、アランさんと同様に連続攻撃ができなくなっている。

オレはキャリーを見た。

清楚な白いドレスのところどころに赤い血がにじんでいる。

もし、オレたちがここで倒されたら、彼女もまたモンスターにやられてしまうだろう。

「死んでもいっか」

その瞬間、オレはつぶやいていた。
「ハデス・バトラー」には、この何日か、すごく楽しい時間をすごさせてもらった。
レザンさんと知り合えて、彼のパーティーの一員になれて、本当によかった。オレは
このゲームを始めたばかりだから、失うものもたかが知れている。
そうだ……。みんなのために犠牲になるとしたら、オレしかいない。
オレは正面からモンスターに切りこんだ。
炎と化した刃が敵を斜めに切りつける。
さらにもう一度、全生命力をかけて切りつけた。
モニターいっぱいに閃光が走った直後、派手な爆発がおこって、モンスターが
フィールドに倒れる音がした。
「ふーっ、終わった」
これでレザンさんたちともお別れだ。

「いや、待てよ……」

みずからの命と引きかえに渾身の一撃を加えたつもりでいたのだけれど、オレのゲージはゼロになっていなかった。

みんながオレにかけよってくる。そこにはキャリーの姿もあった。

――（レザン）やったな！

――（フィン）見てください。「明日の鐘」を盗むことに成功しましたよ

――（アラン）生意気やりやがって

アランさんに小突かれた直後、チャット画面に新たなメッセージがうかんだ。

――（キャリー）剣士さん、助けてくれてありがとう！　わたしの名前はキャリー。

あなたの名前を教えて

――（コーダル）コーダルだよ

――（キャリー）かっこいい名前！　コーダルさん、本当にありがとう

ゲームの中とはいえ、女の子にお礼を言われたオレは胸が高鳴った。ドキドキしたまま、返事を送る。

──(コーダル)「さん」はいらないよ。それに、オレはこのゲームを始めたばかりの初心者だから、ホントはそんなに強くないんだ。今のは、たまたまうまくいっただけ

──(キャリー)そうなの？　でも、わたしにとって命の恩人であることにかわりはないわ。もしよければだけど、わたしを仲間にしてくれない？

そんなふうに言ってもらえて、オレは天にものぼる心持ちになった。だけど、オレ一人で決められることじゃない。

さっそくみんなに相談すると、アランさんとフィンさんから反対された。

──(アラン)どう見たって、あいつは初心者だぞ。コーダルだってまだ独り立ちできていないんだ。初心者を二人も抱えたら、パーティーのパワーバランスがくず

れちまうよ

——（フィン）アランの言うとおりです！　これ以上、戦力を落として、どうするんですかっ

——（コーダル）確かに、キャリーはまだ初心者かもしれない。だけど、白魔道士はオレたちパーティーにとっても必要なはずだろ？　たのむよ。彼女の面倒なら、オレが見るからさ

——（レザン）コーダルが言うことも一理あるな。どうだろう？　ここはひとつ仲間に入れて、ようすを見ないか？

レザンさんのそのひと言で、アランさんとフィンさんも、キャリーがパーティーに参加することをしぶしぶながらも了承してくれた。

——（キャリー）ありがとう！　本当にありがとう！

キャリーはそう言って、オレのほっぺたにキスをしてくれた。

生まれてはじめてのキス……。ゲームの中のバーチャルな空間でのできごとなのに、オレはすっかり舞い上がってしまった。

カランコローン♪

恋のはじまりだ。

オレは、これを機に、ますます「ハデス・バトラー」にはまっていくことになる。

5　あっちの世界とこっちの世界

「ちょっと、司。あんた、どうして、まだパジャマなんか着てるのよ？　学校に行く時間でしょう？　支度しちゃいなさいよ」

突然、部屋のドアが開いたかと思うと、エプロン姿の母さんが機関銃のようにまくしたてた。

「なんだよ、勝手に入ってくるなって言ってるだろ」

オレはムッとして言い返した。

それにしても、まぶしいな。えっと……今は、何時だっけ？

寝不足の目で壁の時計を確認すると八時十分だった。どうりでクワンラオネの街にも朝日がさしこんでいるわけだ。

「もう朝か」

「なにをのんきなこと言ってるのよ。あんた、まさか今までずっと起きてたんじゃないでしょうね？　またパソコンなんかいじって、なにしてるのよ？」

「あーもう、ごちゃごちゃうるせぇな」

「やだ。ゲームじゃないの。まさか、夜通しゲームしてたんじゃないでしょうね。目の下にクマができてるわよ。ねぇ、本当に一睡もしてないの？」

オレは「関係ないだろ」と言い返すと、再びパソコンに目を向けた。

──（コーダル）今夜、一緒に出かけないか？

チャット画面に文字を打って、キャリーへ送る。

──（キャリー）それって、デートにつれてってくれるってこと？

──（コーダル）そうだよ。虹色橋なんて、どうかな？

──（キャリー）虹色橋？「恋人の聖地」といわれてるところでしょう？

――（コーダル）もしかして、オーソドックスなデートスポットをバカにしてる？
虹色橋は、特定の日に出かけると、おもしろいことがおきるんだぜ。今夜がちょうどその日なんだ
――（キャリー）なんなの、おもしろいことって？
――（コーダル）行けばわかるよ。それまでは秘密
――（キャリー）もう、コーダルのいじわるっ

キャリーからの返事を一読したオレは、にんまりと笑った。

毎晩、チャットでやり取りしたかいあって、あっちの世界で、オレとキャリーはいい感じになっていた。それに、オレたちは、現実世界でもそう遠くない場所に住んでいることがわかった。

キャリーは隣の県の公立に通う高一で、オレよりもひとつ年下。好きな食べ物は、とろとろのチーズがかかったドリア。妹が一人いて、休みの日には一緒に買い物に出

かけるほど仲がいいらしい。将来は薬剤師になりたいとも言っていた。「これからは敬語にしなくちゃいけないかな？」と言いだしたキャリーに、オレは「年なんて関係ないよ。今までどおりでいいからな」と、兄貴風を吹かせたのだった。

キャリーへの返事を打ちこもうとした瞬間、「ちょっと！　いいかげん、ゲームはやめなさい！　そろそろ家を出ないと本当に学校に間に合わないわよ！」と、耳ざわりな声が飛んできた。

ちっ、うるせーなぁ。

大好きなキャリーとのひと時をじゃまされたオレは舌打ちをして、母さんをにらみつけた。

❖

あーぁ、どうして学校なんか行かなくちゃいけないんだろう。

はっきりいって、最近は、リアルな世界よりも、バーチャルな「ハデス・バトラー」の世界のほうが充実している。レザンさんが考えてくれた課題をこなせば、確実にレベルアップできるから、あっという間に時間がすぎるし、やりがいと達成感も得られる。何より、あっちの世界には大好きなキャリーがいる。

ただし、オレが抜けているあいだに、キャリーの身に何かおきやしないか、急なイベントが開催されやしないか、心配はつきない。

完徹した目をこすりながら教室に入っていくと、「おっ、『水たまり』が来たぞ！」という声に続いて、クスクスと笑い声が教室のあちこちから聞こえてきた。

クラスメートがニタニタしながらオレを見ている。

「な、なんだよ？」

オレに近づいてきたのは、サッカー部の原島だった。いきなり肩なんか組んでくる。

「またまたぁ。フツー、あんなことしでかしたら、未来永劫、忘れることなんかできないよなー、水たまりくん」

「はっ？　だから、水たまりってなんのことだよ？」

そう言って、原島の腕を払いのけようとした瞬間、澤田と目が合った。その口が「ごめん」と動く。

すると、原島がスマホをオレにつきだした。

そこには、見覚えのある女の子と原島のツーショット写真があった。

「澤田から聞いたよ。おまえ、すみれとダブルデートしたときに、思いっきり失敗したらしいじゃん。すみれのバッグをひったくったあげく、水たまりに落としたんだろ？　以来、おまえのあだ名は『水たまり』だってさ。ちなみに、バッグなら、つきあった記念に、オレが新しいのをプレゼントしといたから心配しなくていいぞ」

「あっ……」

原島の口から出る「すみれ」が、何週間か前に澤田から紹介してもらった上原さんのことだと気づいた瞬間、オレは息が止まった。

もう一度、原島のスマホを見る。

うそだろ、澤田。よりによって、原島なんかに上原さんを紹介したのかよ？　そのうえ、あの日のことをばらしたのかよ！

振り向いたけれど、澤田はオレと目を合わせようとしなかった。

「これからは女の子のバッグを持つより先に、足もとに水たまりがないかどうか、確かめるんだな、水たまりくん。あはははははっ」

原島の勝ちほこったような声が遠ざかっていった。

6 ここがオレの生きる場所

原島に笑いものにされたオレは、すっかり学校での居場所をなくしてしまった。これまでみたいに澤田とつるむ気にもなれない。

そんなわけで、オレはますます「ハデス・バトラー」にのめりこんでいった。このゲームの世界だけは、オレを裏切ったりしない。

学校から帰ってきたオレは、数時間ぶりに自分がいるべき世界へと舞いもどった。「ハデス・バトラー」は現実世界とシンクロしているから、こっちの世界が夕方になれば、あっちの世界でも日が暮れる。

待ち合わせ場所のクワンラオネの街の酒場へ行くと、すでにキャリーが待っていた。窓辺の席に腰かけたキャリーの横顔に黄色い西日があたって、陶器のように白い肌がかがやいている。
すっげーきれいだ。
オレはキーボードの前でため息をこぼした。
――（コーダル）ごめん。待たせちゃったよな？
――（キャリー）ううん、わたしもさっき来たばかりだから気にしないで。マスターおすすめのカクテルを注文したところ。これを飲むとレベルアップしやすくなるんだって。ちょっと高めなんだけどね
――（コーダル）待たせたおわびにオレがおごるよ。好きなだけ飲んでいいからな
――（キャリー）本当に？　コーダルって、やさしいんだね
――（コーダル）オレのほうが「ハデス・バトラー」のキャリアが長いんだから当然だろ。ほかにもほしいアイテムとかあったら、遠慮（えんりょ）なく言っていいから。いつでもオレに相談してくれよな

――（キャリー）ありがとう。わたし、コーダルと知り合えて本当によかった！

オレたちは、しばし酒場でゲームの話なんかをしてすごした。

どっぷりと日がしずみ、満月がかがやきだしたところで、手をつないで虹色橋へ向かう。途中、彼女が好きそうな池のほとりの花畑を通って、夜光花草がキラキラした花粉を飛ばしているところや、魔天コンドルが巣づくりしているところなんかも見せてあげた。

――（コーダル）さあ、着いたよ

虹色橋に着いたところで、オレはキャリーに言った。

――（キャリー）すごいっ！　橋が光ってる！

――（コーダル）今夜は特別な夜だって言っただろ？　橋が満月の光を反射させて、そこにかざしたアイテムを七色に染めてくれるといわれているんだ

オレはそれを証明するように、まずは自分の盾を橋の上でかざしてみせた。銅でで

きたアルキメデスの盾は瞬時に七色にかわった。
――（キャリー）素敵！
――（コーダル）キャリーもほら、こっちにおいでよ
――（キャリー）いいけど……。でも、わたしはたいしたアイテムを持っていないから
――（コーダル）いいから、早く
オレはキャリーの手を取った。
――（キャリー）きゃっ！　なに、これ？　わたしどうなっちゃったの？
彼女が橋に足を乗せた瞬間、七色の光につつまれた。
――（コーダル）今、この瞬間から、キャリーは「七色の魔道士」になったんだ。これで使える魔法の幅も広がるはずだよ
――（キャリー）もしかして……そのためにわたしをさそってくれたの？　わたしをレベルアップさせるために、わざわざ？

――（コーダル）オレができることをしただけだよ

――（キャリー）ありがとう！　わたし、コーダルのことが大好き

突然(とつぜん)のキャリーからの告白に、

――（コーダル）オレも。オレも大好きだよ。いつもキャリーのことを考えてる。ずっと一緒(いっしょ)にいたいと思ってる

オレは、女の子に対して永遠に口にできないかもしれないと思っていたセリフをはいていた。

オレにはもう、キャリーしか見えていなかった。キャリーさえいてくれればいいと思っていたし、キャリーなら、なんでもわかってくれるという自信もあった。

もう、リアルな世界なんて関係ない。ここがオレの生きる場所だ。

オレの運命の女神はキャリーなんだ。

7　レベルアップ！

学校なんか行っていられるか。オレが生きる世界は「ハデス・バトラー」だ！

オレは、「ハデス・バトラー」をプレイするために、仮病を使って学校を休むようになった。

早朝から昼すぎまで、頭が痛いとか、だるいとか、適当な言い訳をして寝ている。母さんがパートに出たのを見計らって、午後からゲームにログインする。深夜、家族が眠ってからは夢中でプレイした。そして、翌日はまた仮病を使って学校を休む……。

両親は、本当にオレの体調が悪いと信じているようだった。

もちろん、こんな生活をずっと続けられるわけがないと頭ではわかっていた。けれど、「ハデス・バトラー」につぎこむ時間が増えて、レベルアップしていくと、ゲームのプレイ時間を確保するためにも学校を休まないわけにはいかなくなった。パソコンの前にすわってばかりいるせいで食欲は減退し、風呂に入る気力もなくなった。

　オレは半分、本物の病人みたいになっていた。


　その日も、カーテンの向こうが明るくなるまで「ハデス・バトラー」をプレイしてから床についた。どれくらい眠っただろう？

「司ー。司ー？」

　もうろうとする意識の向こうで、母さんの声がした。

「司、澤田くんがお見舞いにきてくれたわよ。いい？　入るからね」

　部屋のドアがゆっくり開いて、ただよっていた空気がかきまわされるのがわかった。

　シャーッと水をはじくような音。どうやら、母さんがカーテンを開けたようだ。

「体調はどう？　起きられる？」

心配そうに声をかけてきた母さんに、オレは布団の中から言った。

「閉めろよ……」

「え？」

「カーテンだよ。閉めてくれない？　まぶしくて目が開けられないだろ」

ついイラついて、声がとがってしまった。

またシャーッと音がして、部屋がだいぶ暗くなった。

ゆっくり目を開けると、時計は二時をさしていた。

まったく、めんどくせぇな。今さら、澤田がなんの用だよ？

ドアのほうへ視線を移すと、制服姿の澤田が心配そうな顔でこっちを見ていた。

「大丈夫か、本条？」

「……学校って、こんな時間に終わるんだっけ？」

エアコンをつけっぱなしで寝落ちしたらしい。鼻の奥がカラカラに乾いていて、オレの声は別人みたいだ。

「今日は特別だよ。職員会議があるとかで、いつもより早く終わったんだ」

ああ、職員会議ね。そういえば、現実の世界にはそんなこともあったっけ。

オレは「ふぅん」と返事をして、今にもくっつきそうな目をこすった。そのままベッドに横になっていると、また眠ってしまいそうだったので、けだるい体をなんとか起こす。

「それはそうと、ずっと学校を休んでるけど、大丈夫か？　クラスのやつらも心配してるぞ」

「……」

「これ、本条が休んでるあいだに配られた授業のプリント」

オレが何も言い返さないものだから、澤田が「本条？」と呼びかけながら、顔をのぞきこんできた。

「聞いてるよ」

「あのさ、もしかしてだけど、このあいだのこと気にしてるのか？」

「このあいだのこと？」

「ほら、あの、原島(はらしま)が『水たまり』って言った……」

その言葉を耳にして、オレの中の何かがプチッと切れた。

「やめろよ」

「え？」

「今さら親友ごっこかよ？　そんなふうに近づこうとしても、もうだまされないんだからな！」

怒鳴(どな)り散(ち)らして、さっきもらったプリントを投げつけると、「ちょっと、司(つかさ)！　なんてことするのっ」と言って、母さんが止めに入った。

その瞬間(しゅんかん)、こっちへ近づいてきた母さんが新手のモンスターのように思えて、オレはとっさにファイティングポーズをとってしまった。

母さんがおどろいた顔をして、じっとオレを見つめてくる。

「な、なによ。母さんをなぐろうっていうの？」

「べ、別に……そういうわけじゃないけど」

一瞬、母さんがモンスターに見えただなんて、口がさけても言えない。

「司……」

「大丈夫か、本条」

オレはドキドキする心臓をもてあましながら、「もういいから、二人とも出てってくれないかな」とだけ言った。

「もう、オレのことはほっといてくれればいいから。二度と見舞いとか、来なくていいから」

その晩、昼間のできごとをキャリーに話すと、「うわぁ、大変だったね。わたしも勝手に部屋に入ってこられるとイライラしちゃうタイプだから、コーダルの気持ち、よくわかるよ」と同情してくれた。

――（コーダル）やっぱり？　そうだよな？　オレ、おかしくないよな？

――（キャリー）あたりまえの反応だと思うよ

よかった。キャリーにそう言ってもらえて、ようやくオレは落ち着いた。

やっぱり、キャリーはオレのことをわかってくれる。オレはますますキャリーのことが好きになった。

すると、キャリーからメッセージが届いた。

――（キャリー）あのさ、もし、よければだけど……気分転換もかねて、今度、会わない？

――（コーダル）会う？　会うって、リアルな世界で会うって意味？

――（キャリー）迷惑かな？

――（コーダル）迷惑じゃないけど……

そう返しつつも、オレは内心、ギクッとしていた。

キャリーはリアルなオレを知らないから、こんなことが言えるんだろう。もし、オレが女の子とまともに会話することすらままならない、気のきかない男だとわかったら、愛想をつかすに決まってる……。

オレは、せっかく築いたキャリーとの関係をこわしたくなかった。同時に、キャリーとならうまくいくんじゃないかという淡い期待も抱いていた。

――（キャリー）だったら、いいでしょ。ねっ？

キャリーに再度さそわれたオレは「わかった」と、返事をしたのだった。

8
リア充？

オレとキャリーは、たがいに住んでいる街の中間駅で会うことに決めた。

いつもなら夕方近くにならないと起きられないはずが、その日ばかりは十時にパッと目が覚めた。

毎日のチャットで、キャリーのことならだいたい知っているつもりだった。たとえば、キャリーが好きな映画は、ハラハラドキドキのサスペンスものよりは、ほんわかとしたヒューマンものだし、ごちゃついたファストフード店で食べるよりは、落ち着いたカフェでランチがしたい、とも言っていた。

オレはああでもないこうでもないと頭を悩ませたあげく、オープンまもないカフェにキャリーをつれていくことに決めた。そこなら、駅からもわりと近いので、ヒールが高い靴でも問題ないはず。店内には多くの植物があるようだから、都会にいながらにして、のんびりとした時間をすごせるにちがいない。

「もしかして、コーダル？」

約束の時間。駅の改札を出たところで待っていると、不意に女の子に声をかけられた。肩までのびた黒い髪にはくせがなく、修道服と同じ白地のワンピースにピンク色のカーディガンを羽織っている。

「じゃあ、キャリー？」

オレがそうたずねると、その子はこくんとうなずいた。

か、かわいい……。

チャットでは緊張しないのに、実際にキャリーを目の当たりにした瞬間、一気に鼓動が高鳴りだした。キャリーの黒目がちな目がオレのほうを向くたびに、じっとりと、手のひらに汗をかいていく。

ああ、どうすればいいんだろう。

ゲームの中では、いつも手をつないでいる。でも、こんなにびしょぬれの手でキャリーの手をにぎれるはずがない。

とりあえず、ジーンズの太ももで汗(あせ)をぬぐっていると、「どうかしたの？」と聞かれた。

「い、いや、別に。なんでもないよ」

照れかくしで笑ってみたけれど、右側のほおがけいれんして、妙(みょう)な笑い方になってしまった。

思うように話せないまま、オレたちは十分ばかり歩いてカフェに着いた。

店の前には長蛇(ちょうだ)の列ができていた。

日曜日。天気もいい。しかも、オープンまもない評判のおしゃれカフェだ。オレが知っているということは、世間のみんなも知っているということなのだ。

「うわぁ！　すごい列だね。だけど、予約してあるから大丈夫だよね？」

キャリーにそう言われてはじめて、オレは「予約」というシステムがあることに気づいた。

そうか、最初から予約しておけばよかったんだ！

「あの、ごめん……。店を決めることで頭がいっぱいで、予約までは」

「えっ！　してないの？」

一瞬だけど、キャリーの横顔が不機嫌そうにゆがんだのをオレは見逃さなかった。

オレの心臓はバクバクといやな感じで脈打った。

こんなとき、どうすればいいんだろう？

そうか、そうだ。店をかえればいいんだ！

「すっげぇ混んでるし、店かえよっか」

オレはそう言うと、キャリーの返事も待たずに歩き始めた。

あてがあったわけじゃない。そこそこの都会なんだから、少し歩けばカフェのひとつやふたつ、あるにちがいないと思ったのだ。

けれど、あまかった。

日曜日の繁華街。そこは、人だらけの場所といってよかった。ちょうど昼時ということもあって、感じのよさそうな飲食店には、どこも入店待ちの列ができている。

最初から途切れがちだった会話は次第にまったくなくなり、あせったオレは早足に次の店をさがした。

「ここはどうかな？」

そう言って振り返ると、ずいぶん離れたところをキャリーが歩いていた。

や、やばい。店をさがすことに必死になるあまり、キャリーの歩幅をまったく意識していなかった。

しばらくしてやってきたキャリーは、思ったとおり不機嫌だった。むすっとしていて、「ここでいいかな?」と言うオレの質問にも、うんともすんともこたえない。

ど、どうしよう……どうすればいいんだ?

「ハデス・バトラー」の世界なら、教えてあげられることがたくさんある。アイテムのこと、イベントのこと、ゲームのルール……。けれど、リアルな世界でキャリーを前にすると、語るべきことなど何ひとつ思いうかばないのだった。

注文したパスタセットが運ばれてくるまでに、はてしなく時間がかかったような気がする。もちろん、そのあいだ、オレたちに会話はなかった。

オレはすっかり緊張して、フォークを持つ手もふるえるほどになっていた。いつもなら簡単に巻けるはずのパスタが思うようにからみついてくれない。

ああ、もう!

じれったくなって、ラーメンでもすするように食べ始めると、「ちょっと! はずかしいから、音立てて食べるのやめてっ」と、キャリーに怒られてしまった。

「ご、ごめん」

オレはパスタを食べるのをやめて、一緒に運ばれてきたアイスコーヒーに砂糖とミルクを入れた。

あ、あれ？　なんでだろう。砂糖がとけないぞ。

「ねえ。普通、アイスコーヒーにはシロップを入れるんじゃない？　どうして角砂糖なんか入れてるの？」

「あ、ああ、そうか」

あせりと緊張から、ますます手がふるえ、頭の中が白くなっていく。

がむしゃらに角砂糖をとかそうとした次の瞬間、ついていたストローがぐらっとかたむいて、ガシャンとグラスが倒れてしまった。

「もうっ！　なにしてるのよっ。ワンピースにシミがついちゃうじゃない！」

「………」

ゲームオーバー。

完全に頭の中が真っ白になったオレは、その場でフリーズした。

9 現実

　どうやって家に帰ったか覚えていない。

　勇気を出して、キャリーに会いにいった。キャリーとならうまくいくかもしれないと期待していた。「ハデス・バトラー」の世界ではあんなにも意気投合したのだから、少しくらいの障害は乗り越えられるはずだと信じていた。

　けれど、ダメだった。

　こっちの世界では、オレは相変わらずのコミュ障だった。好きな女の子を前にすると、何も話せないダメなやつだった。

　その晩、「ハデス・バトラー」にログインしたオレは、メンバーから容赦ない尋問を受けることになる。

――（フィン）履歴から、二人がつきあっていたことはわかってるんですからね！

――（アラン）痴情のもつれでメンバーに迷惑かけるとは何ごとだっ！

これまで、ゲーム内でオレとキャリーがつきあっていることはメンバーに秘密にしていた。けれど、キャリーがいつもの時間にログインしなかったことで、彼女の身に何かあったんじゃないかという話になり、追跡機能によって、オレたちの関係はばれてしまったのだった。

――（レザン）二人とも落ち着けって。今さら蒸し返しても仕方がないだろ

レザンさんがあいだに入ってくれたけれど、アランさんとフィンさんの怒りはおさまりそうにない。

まぁ、それも当然だろう。今日はイベントの開催日で、予定では大がかりな討伐にくりだすことになっていたのだ。七色の魔道士となったキャリーは、今や主力メンバーの一人だ。そんなキャリーがログインしてこないとなれば、計画は御破算になる。

モンスターを倒せなければ、レベルアップも望めない。

オレはパソコンのキーボードに手をそえたまま、どうすればいいかを考えた。「ごめん」の三文字なら、すでに何度もメンバーに送信している。焼け石に水って感じで、まるで効果はなかったけれど。

次の日も、その次の日も、キャリーは「ハデス・バトラー」にログインしなかった。

オレは、アランさんとフィンさんから責められ続けた。レザンさんが「もういいじゃないか」「そろそろ許してやれよ」なんてフォローしてくれたけど、効果はなかった。

歯車が狂い始めたオレたちのチームワークは、ガラガラと音を立てるようにくずれていった。これまではあうんの呼吸で倒せていた格下モンスターにすら、苦戦するほどだった。

全部、オレのせいだ。

コミュ障のくせに、調子に乗ってキャリーとつきあっていたのがいけないんだ……。もしかしたら、うまくいくかもしれないと、リアルな世界でもキャリーと会ってしまったのが運のつきだったんだ。

デートが失敗に終わった今、キャリーはどこかへ消えてしまった。そして、メンバーとの信頼関係まで崩壊してしまった……。

オレは、自分がとことんダメなやつに思えてきた。パーティーに加えてくれたレザンさんにも申し訳ない。

気づけば、オレは泣きながらキーボードを打っていた。

――（コーダル）ホント、今まですみませんでした。オレなんか、いないほうがいいですよね。いても、みんなに迷惑かけるだけだし。だから、オレ、今日を最後にパーティーから抜けます。きっと、そのほうがうまくいくだろうし、みんなのためにもなると思うからオレはそう打ちこむと、設定メニューから「パーティーからの脱退」を選んだ。

「本当にパーティーから脱退しますか？」という確認メッセージに「YES」を選んで、大きく息をはく。

「終わった……」

この一か月半、一日の大半をついやしてきた世界が幕を閉じた。さびしくてさびしくて、仕方がなかった。

そして、オレは誓った。

「こうなったら、『ハデス・バトラー』をきわめよう。アランさんやフィンさんたちを見返してやるんだ。そして、いつか絶対に『神』と呼ばれる、すご腕のゲーマーになってやる！」

深夜の部屋で、オレは新たなスタートを切ったのだった。

ハデス・バトラー
～復活の勇者～

鎌倉ましろ

1

はじまりのはじまり

その人は、胸(むね)の前で赤ちゃんを抱(だ)いて玄関(げんかん)に立っていた。

だっこひもというのだろうか？　たすき掛(が)けにした袋(ふくろ)の中には、まだはっきりと目も見えていないような赤(あか)ん坊(ぼう)が、カンガルーのようにすっぽりとおさまっている。ぼくは、見てはいけないものを見てしまったような気がして、とっさに目をそらした。

まさか、「ネトゲ廃人(はいじん)」の第一号の取材相手が、乳飲(ちの)み子(ご)を抱(かか)えた主婦ゲーマーだなんて、想像もしていなかったからだ。

ぼくは昨日の夜、即席(そくせき)でつくった名刺(めいし)を差し出すと、すぐに切りだした。

「はじめまして、ぼくは市村一樹(いちむらかずき)といいます。今日は取材を受けていただき、ありがとうございます」

乳飲み子を抱えた女性は「元ネトゲ廃人　市村一樹」と書かれた名刺に視線を落としてから、何かを確かめるみたいにぼくをジロジロ見た。

「ずいぶん若いんだね。出版社が取材させてほしいなんていうから、てっきり、テレビドラマに出てくる新聞記者みたいな、ちょっとおなかが出た感じのおじさんを想像してたんだけど、何歳なの？」

かくしても仕方のないことだったので、ぼくは正直に「十八歳です」とこたえた。

「十八歳？　じゃあ、高校生？」

「去年の夏まで高校生だったんですけど、高二の夏休みでやめちゃって」

「どうしてやめたの？　あっ、ごめん。取材を受ける側のわたしがこんなこと聞いちゃいけないか」

「いえ、いいですよ。えっと、高校をやめたのはネトゲのせいです。ぼくの場合は小六でネトゲにはまって、ネトゲ中心の生活を続けるあまり、昼夜逆転の生活を送ったあげく、学業がおろそかになってしまって。要は、まったく学校に行かなくなったんです。まぁ、高校にはなんとか合格したんですけど、ほとんど行ってなかったし」

「それで、高校をやめた今はライターをやってるんだ?」

女性はそう言うと、もう一度何かを確かめるみたいにぼくを見た。


そもそも、出版社から、全国の「ネトゲ廃人」を取材して本を出さないかというメールをもらったのは、今から一か月ほど前の十月下旬のことだった。そのころ、ぼくは、愛着のあったゲームのパーティーが崩壊したこともあって、かなり気持ちがすさんでいた。

なぜゲームのパーティーが崩壊したかというと、メンバー同士の痴話げんかが発端だった。いつの間にか、AというプレイヤーとBというプレイヤーがゲーム内で恋愛関係になっていた。二人のあいだに何があったか知らないけれど、ある日、突然、別れたのだ。

別れた相手が参加しているパーティーでゲームを続けるなんて、気まずいことこのうえない。

そんなわけで、Ｂが何も告げずにパーティーを抜けてしまったというわけだ。当然、パーティー内のパワーバランスはくずれることになる。Ｂがいたからこそクリアできていたクエスト（課題）がクリアできなくなり、勝てたはずのモンスターにも苦戦する始末。

となれば、残ったメンバーから不満が噴出して、その発端となったＡを悪く言うようになることは目に見えていた。

結局、Ａも脱退していった。

ぼくが大切にはぐくんできたパーティーは、あっという間に崩壊してしまったのだった。

長らく学校に行っていなかったぼくに、リアルな友だちなんているはずがない。パーティーの崩壊以降、ぼくは完全に孤独になった。

きっと、それまでのぼくなら、以前にも増してネトゲに打ちこんでいたと思う。新たにパーティーをつくって一からやりなおすのもいいし、また心機一転、別のゲームを始めるのもありだったろう。

けれど、そのときのぼくは、何を思ったか、ブログを書き始めたのだった。

「ちょっと話が長くなりますけど」

ぼくはそう前置きして、「ネトゲ廃人」の取材第一号である桜井麗奈さんに、これまでの経緯を話すことにした。

2　ネトゲ廃人・市村のブログ

九月七日

両親が離婚したのは、ぼくが小学校五年のときだった。

仕事一徹で、家庭なんかこれっぽっちもかえりみない父と母とのあいだには、以前からギスギスした空気が流れていたから、両親が離婚すると知ったときも、あんまりおどろかなかったな。もちろん、すげぇ悲しかったけど。

家を出ていったのは母のほう。

広い家に残されたぼくはさびしさをもてあまして、それまで一日一時間と決められていたゲームを無制限にプレイするようになる。当然、家にいるよりも会社ですごす時間のほうが圧倒的に長い父が、ぼくの変化に気づくはずもない。まだ小学生だったぼくの生活は、あっという間に昼夜逆転していったというわけ。

九月十一日 ――――――

はじめて*オフ会に参加したのは、中学一年の終わりだった@秋葉原。参加者全員が年上で、最年長は超有名企業のおえらいさん。やったらダンディなオッサンだったことを覚えてる。

そのころはまだ、気が向くと学校に行ってたんだけど、オフ会経験後は、学校に行くくらいなら、オフ会に出て気の合う大人としゃべってたほうが全然ありだと思うようになった。なんていうんだろう、ちょっとした社会勉強？　あるいは、社交場？　以来、同世代のやつが幼く思えるようになって、そんなやつらばかりが集まってる中学校は、地上で最悪の環境だと感じるようになったんだ。

オフ会……オンライン（ネット上）で知り合った者同士が、オフライン（現実世界）で会ったり、遊んだりすること。

九月二十日

ゲームの魅力を考えてみたんだけど、たぶん、現実世界ではできないことができちゃうところだろうな。リアルな世界では、必死に努力しても、才能やセンスや、お金がなければ、どうにもならないことばっかりでしょ？　だけど、ゲームの世界だと、ある程度の時間や多少のこづかいを投入すれば、どうにかなっちゃう。努力が人を裏切らないっていうの？　そういう体験の積みかさねが快感になって、病みつきになるんだと思うんだよなー。

九月二十五日

こづかいをもらってたのは、中二までだね。あるとき、父にゲーム内課金がばれて、それで、こづかいなしにされたｗｗｗ

といっても、ぼくのやり方にも問題があったんだけど。月々のこづかいじゃたりないもんだから、遠足の積立金が追加で必要になったって、うその学校プリントをつくって、父に渡したんだよ。そしたらさ、父がそのプリントにやたら関心を持っちゃって。学校に電話して、担任に確かめてやんのｗｗｗ

ブログに特別なことを書いているつもりはなかった。

日記の延長みたいな文章だったし、ブログという体裁こそとっていたものの、不特定多数の人に読んでもらいたいという願望が強くあるわけでもなかった。

だけど、ぼくのブログのフォロワー数は少しずつ増えていった。

じきに、見知らぬ人……主にゲーマーからだったけど……共感のコメントがよせられるようになる。

ゲームのパーティー以外の場所で仲間を得たのは、本当にひさしぶりのことだった。

うれしくなったぼくは頻繁に記事をアップするようになる。

○△出版の薮内さんという人からコメントがよせられたのは、十月も終わりにさしかかったある日のことだった。

――「ネトゲ廃人・市村のブログ」、毎回、おもしろく拝見しております。○△出版第二書籍部の薮内健と申します。弊社では、市村さんのブログの書籍化を検討しております。よろしければ、一度、直接お会いしてお話しできませんでしょうか？

その瞬間、ぼくの心臓は息をふきかえしたかのように、トックンと大きく脈を打った。

3 春野先生

藪内さんと会うことに抵抗がなかったわけじゃない。

ぼくは引きこもり歴六年のネトゲ廃人で、高校を中退したばかりの無職だったから。いや、実際は、高校どころか中学校すら、ろくすっぽ通っていなかったんだけど。

正直いって、そんな自分が書いた文章のどこが、そんなに人目を引いたのかわからなかった。そもそも、あのコメントはいたずらで送られてきたものかもしれない。出版社勤務なんて大うそで、ただの冷やかしかも。意気揚々と会いにいったはいいけれど、そこにはだれもいませんでした、なんてことにもなりかねない。

悶々としていたぼくに助言をくれたのは、高校時代の担任、春野先生だった。

春野先生は不登校だったぼくを見すてることなく、在学当時から、何かと気にかけてくれていた。ぼくが高校を中退したあとも、二週間に一度のペースで自宅まで訪ねてきてくれるほどだった。

その日も、どっぷりと日がしずんだころを見計らって、春野先生はぼくの家のインターホンを押した。

「よお」

「入りますか？」

一応、さそってみたけれど、「ここでいい」と言われた。

ぼくたちは玄関先で立ち話をした。

「以前、話したブログのことなんですけど」

最初に口火を切ったのは、ぼくのほうだった。

「コンスタントにアップしてるみたいだな」

「先生も読んでくれてるんですか？」

「『ネトゲ廃人・市村のブログ』だろ？　もちろん、読んでるよ。愛読者だ。それで、そのブログがどうかしたのか？」

うすあかりの中、春野先生の顔にうかんだしわが深すぎて、一瞬、機嫌が悪いんじゃないかとも思ったけれど、こういう顔の人だと思いなおして、ぼくは続けた。

「二日前ですけど、出版社の者と名乗る人からコメントが来て」

「すごいじゃないか」

「まだ何も話してませんよ」

「出版社の人からコメントがあったんだろう？　本にしたいとか、どこかのサイトで連載してみたらどうかとか、そういった話だったんじゃないのか？」

「まぁ、そんな感じですけど」

「いいじゃないか。おもしろそうだ」

「簡単に言いますね」

　ぼくがそう言い返すと、春野先生の顔がくしゃっとゆがんだ。それが笑顔だと気づくまでに少し時間がかかった。

「むずかしく考えても始まらないだろう」

「そうかもしれないですけど、ぼくのブログを本にしたいなんて、そんな話が信じられますか？　ただの冷やかしなんじゃないかな。あ、わかった。きっと、世間知らずの*引きニートをからかって、ほくそえんでるんですよ」

「実際に会ってみないと、なんとも言えないな。自費出版にするから金を払えとか、そういううさんくさい話になったら、すぐに切り上げて帰ってくればいいじゃないか。それに、じつは、オレもそう思っていたんだよ」

「そう思っていたって？」

「おまえのブログだよ。前々から、なかなか読みごたえがある文章を書くと思ってた

*引きニート……「引きこもりニート」の略。部屋などにひきこもって外出をほとんどせず、学校へも仕事へも行かない人。

んだ。けっこうおもしろいぞ、あれ。だから、同じように感じる人が出版社にいたとしても、オレはおどろかないな」

「そうですか。ありがとうございます」

ぼくがペコッと頭を下げると、春野先生は最後にいつものフレーズを口にした。

「何度も言うようだが、社会とのつながりは絶対に断つんじゃないぞ」

「………」

「どれだけゲームに没頭しようが、家にこもろうが、学校をやめようがかまわない。だけど、どんなに細くてもいいから、社会とつながっている糸だけは手放すんじゃないぞ。絶対にな」

いつもはそれを合図にあいまいに笑ってドアを閉めていたぼくだけど、なぜかその日は「はい」と声がこぼれていた。

「それじゃあ、また来るから。体に気をつけろよ。ちゃんと飯も食うんだぞ。風呂にも入れよ。くさい男はモテないぞ」

そう言い残して、春野(はるの)先生は去っていった。

4 出版社へ行く

○△出版の藪内さんに会って話を聞くことに決めたものの、ぼくたちはなかなか会えずにいた。

理由は簡単だ。これまで何年も好き勝手な生活を続けてきたぼくは、決められた日時に約束の場所でだれかに会うという、ただそれだけのことができなかった。

「それでは、市村さんの都合がいいときでかまわないので、一度、社まで来てもらえますか?」という藪内さんからの提案と、「社会とのつながりを断つな」という春野先生からの言葉がなければ、ぼくはさっさとあきらめて、いつもどおりの生活を続けていたにちがいない。

十一月も半分近くがすぎたその日、ぼくはバスと地下鉄を乗りついで、新宿のはずれにある○△出版を訪ねた。

薮内さんが働いている部署は、細長いビルの四階に入っていた。

「昨日も遅くまでゲームを？」

案内された打ち合わせ用の小さなブースで、薮内さんは席に着くなり、そう聞いてきた。直後、「失礼します」と女の人がやってきて、向かい合ってすわっているぼくたちにコーヒーを置いて出ていった。

「入れこんでいるゲームはないんですけど、日課なんで、毎日やってます。一応」

「一応？　楽しいからやってるわけじゃないんですか？」

「いや、別に、楽しくないわけじゃないんですけど。……でも、心底ゲームを楽しめたのは、最初の三か月くらいだったかもしれないな。小学生のときです。薮内さんだって、毎日、飯を食うじゃないですか？」

「そうですね」

「そんな感じですよ。普通の人が一日に何度か飯を食うみたいに、一定の時間になったらログインするんです。ぼくがログインしないと、一緒にやってる仲間に迷惑をかけるし。それだけは絶対にさけたいんで。だから、習慣っていうか、義務っていうか……日課ですよ。もちろん、そこそこは楽しんでますけど」

習慣？　義務？　自分でそう言っておいて、ぼく自身がおどろいていた。ぼくにとってのネトゲは、そんなものだったのだろうか？

薮内さんは「へぇ」と言ってうなずいた。

「ところで、以前、市村さんのブログで、昼夜逆転の生活を続けているうちに頭痛がするようになったと書いてありましたけど、今、この瞬間も頭は痛いんですか？」

「うーん、痛くはないけど、重いというか。頭だけじゃなくて、体調は全体的にあまりよくないです。そもそも、体調がいいっていうのがどういう感覚だったのか思い出せないくらい」

「なるほどねー。じゃあ、よく話に聞くあれはどうですか？　戦闘もののゲームばかりやってると、街を歩いていても前から来る人が敵に見えるとか、背後から近づいてくる車の音に警戒するようになるとか、そういう症状は？　そういうメンタルな理由もあって、なかなかお会いできなかったのかな、なんて想像したりして」

　なんなんだ、この人は。

　薮内さんは、好奇心というよりは、ゲーマーに対する偏見を持っているように感じられた。

　けれど、ムッとするのも感じが悪い気がして、ぼくは「人それぞれじゃないですか」とだけこたえておいた。

「まぁ、それはそうでしょうね。それで、今回の企画なんですけど、社会問題にもなっている『ゲーム依存』というものを、『ネトゲ廃人』を名乗る市村さんの言葉で書いてもらえないかと思いましてね。これまでのブログをまとめるだけでも本になると思うんですけど、できればもう一歩ふみこんで、全国の『ネトゲ廃人』と呼ばれるすご腕のゲーマーたちを取材して、ルポを書いてもらいたいんですよ。取材対象者にはこちらからアポを取っておくので、そのへんは心配いりません。どうでしょうか？」

「どうでしょうかと言われても……」

それが、ぼくの率直な感想だった。

薮内さんに会うだけでもひと苦労だったぼくが、日本全国のネトゲ廃人を訪ねていけるものだろうか？　しかも、ルポルタージュなんて書いたこともない。ぼくは高校中退で、ゲーム以外はまったくのド素人だ。

といって、ほかのだれかにゲームについて語られるのもいい気がしなかった。先ほどの薮内さんのように、ゲームを害悪のように決めつけられたら最悪だ。

「……わかりました。やってみます」

迷ったすえ、ぼくは薮内（やぶうち）さんからの依頼（いらい）を引き受けることに決めた。

それは、ゲーマーに対する偏見（へんけん）を少なからず持っている薮内（やぶうち）さんに対する挑戦（ちょうせん）でもあったし、ぼくにとってのゲームが習慣や義務という言葉ですむものなのかどうかを確かめるための旅でもあった。

5 本当に好きなのは？

「そんなこんなで、最初に編集部から白羽の矢が立ったのが桜井さん、あなただったというわけです」

　取材第一号の桜井さんは赤ん坊のお尻をふいていた手を止めると、やっとぼくのほうを向いた。

　ぼくがこれまでの顛末を話しているあいだ、桜井さんの赤ん坊は盛大に二回も泣いた。そのうちの一回はおなかがすいたことが原因らしく、桜井さんは「ごめんね」と、ぼくと赤ん坊のどちらにあやまっているのかわからない口ぶりで言ってから、そそくさと授乳し始めた。その直後の大泣きは案の定、おなかいっぱいになった赤ん坊がウンチをしたことが原因で、桜井さんはまた「ごめんね」とだけ言って、ぼくの目の前で、今度はよごれたオムツをかえ始めたのだった。

「ふぅん。その取材、本当にわたしなんかでいいの？」

ぼくは黙(だま)ってうなずいた。そもそも、取材対象者は編集部が決めているので、ぼくに決定権(けっていけん)はない。それに、本当に、生まれてまもない赤(あか)ん坊(ぼう)をだっこしたまま、ネトゲにのめりこんでいる人だとしたら……編集部の読みどおり、インパクトはかなり強いと思われた。

ぼくは思いきって聞いてみることにした。

「ゲームをしている最中、赤ちゃんはどうしているんですか？」

「どうしているって、だっこしてプレイしてるに決まってるじゃん。まだ生後二か月だよ。首がすわってないから、イスにすわらせるわけにもいかないし」

「もしかして、妊娠中(にんしんちゅう)もずっとゲームを？」

「ネトゲをやり始めたのは、三年くらい前だったかな？　当時、ちょうど結婚(けっこん)したばかりでさ」

桜井さんは、そこでいったん話を区切った。

桜井さんは、ぼくとそう年齢がかわらなさそうだ。たぶん、二十代前半くらい。茶髪は、根もと数センチが黒い地毛にもどっていて、毛先に近づくほど色があせている。あまりコンディションがいいようには見えない。着ているのは、ゴムがゆるくなっていそうなスウェットだ。

身なりにかまうことなくゲームに没頭している桜井さんの日常が目にうかぶようで、せつなくなった。

「ノロケるわけじゃないんだけど、けっこうラブラブだったんだよね、うちら。なのに、結婚したら、急に旦那が冷たくなって……。日曜日とかも家にいるだけで、どこにもつれてってくれないし、仕事から帰ってきてもテレビを見るばっかりで、会話もあんまりしなくなって……。好きで結婚したはずなのに、なんでこうなっちゃったんだろうと思って。わたしと結婚したことを後悔してるんじゃないかな、なんて思いつめたりね。実際、後悔してたのはわたしのほうだったんだけど。でも、今さらどうにもできないでしょう？　だから、始めたの、ネトゲ」

桜井さんはひと息でそう話すと、リビングの隣にある部屋のドアを開けた。

「すごっ」

ぼくは思わず叫んでいた。

ノートパソコンにデスクトップ……。

ゲーム部屋とおぼしきその部屋には、八台ものパソコンが置かれていた。しかも、どのパソコンも起動中になっている。同時進行で、いくつものネトゲにログインしているようだ。

「最初は、ゲーム内で植物を育てたり楽器を弾いたり。シミュレーションゲームっていうの？　そういうのが楽しかったんだよね。だけど、そのうち、いろんな人と知り合うようになるでしょう？」

そこまで話を聞いて、すぐにゲーム内恋愛だとピンときた。

桜井さんが最初にはまったという育成メインのシミュレーションゲームにしろ、MMORPGといわれる多人数同時参加型ロールプレイングゲームにしろ、ひたすら敵を攻撃するアクションゲームにしろ、プレイ中はオンラインで、ほかのプレイヤーとチャットできる仕組みになっている。

桜井さんは中央のテーブルの前で立ち止まると、やさしい手つきで一台のノートパソコンをなで始めた。

「この人はね、うちの旦那を少しあまえん坊にした感じなんだ」

この人……。桜井さんはパソコンを人のようにあつかった。

「こっちの人はオラオラ系が入ってるかな。で、こっちが年上のジェントルマンって感じ」

桜井さんはそんなふうに言いながら、ゲーム部屋に置かれているパソコンを次々に紹介していった。

「で、うちの旦那をなよなよした感じにすると、この人になるのね。出会ったころの旦那にいちばん近いのは、この人だな」

桜井さんの中では、どのチャット相手もご主人の分身なのだ。きっと、現実の生活で満たされない部分を、ゲームで出会ったそれぞれの男性に求めているのだろう。

そんな桜井さんを見ていると、「さびしかったんですね」というひと言が言えなかった。それでも、ぼくは一応ライターだ。今日も取材でここに来ている。

ぼくは思いきって聞いてみることにした。

「それで、ご主人とは最近は？」

「う～ん、わからない」

「わからない、というと？」

「最近、あんま顔を見てないから。あっ、離婚したわけじゃないよ。ただ、わたしには赤ちゃんの世話があるでしょ？　それに、ゲームもやらなくちゃいけないし。だから、旦那とはあんまり話してないんだよね。話す時間がないっていうの？」

「なるほど」

ぼくには、それだけ言うのが精一杯だった。

6　ゲーム仙人あらわる

手をのばせば、すぐそこに本物のいとしい人がいるのに、見ず知らずの人との疑似恋愛を、ゲーム内のチャットを通じてしている桜井さん。

今後、彼女のさびしさが埋まる日は来るのだろうか？

ぼくは、首もすわっていない赤ん坊を抱いたまま、身なりも気にせず八台ものパソコンをあやつっている桜井さんを思いおこしながら、MMORPGをやっていた。

そのとき、近くに置いてあったスマホにメールが届いた。
○△出版の薮内さんからだ。どうやら、ネトゲ廃人・第二号の取材相手が決まったらしい。

取材前日は、強力な目覚まし時計を三つも用意して、早ばやと床(とこ)についた。それでも、長年に渡(わた)ってしみついた昼夜逆転の生活は、容易には直せなかった。結局、ぼくは一睡(いっすい)もできずに、東京駅発の特急列車に飛び乗ったのだった。

一時間半ほどして到着(とうちゃく)したその街は、富士山のふもとに位置していた。テレビの旅番組で取り上げられそうな、のんびりとした雰囲気(ふんいき)がただよっている。

駅前の商店街にある精肉店でさし入れのコロッケを買ってから、ぼくは取材相手が暮(く)らすマンションをめざした。

ぼくがコロッケを買ったのには理由があった。コロッケこそ、これからぼくが取材することになっているネトゲ廃人(はいじん)の大好物だからだ。

どうして、ぼくがそんなことを知っているのか？

○△出版の薮内(やぶうち)さんに耳打ちされたわけではない。今日の廃人(はいじん)はゲーマー界ではかなりの有名人で、ぼくも以前からその存在(そんざい)くらいは知っていた。

「すげぇ……マジかよ」

十分ばかり歩いて着いたのは、このへんでは唯一ともいえる高層マンションだった。価格がどれくらいのものかわからないけれど、ウン千万円はくだらないだろう。

ぼくは小便をちびりそうになりながらインターホンを鳴らして、やたらと明るいエレベーターで八階まで上がった。

ツンと鼻をつくような刺激臭が流れてきたのは、その人が玄関のドアを開けた直後だった。

先日の桜井さんは胸の前で赤ん坊を抱いた女性だったけれど、今回の廃人は髪をぼさぼさにのばした男性だった。あごひげは胸のあたりまで達している。まるで仙人のような雰囲気だ。

ゲーム仙人。

ネトゲ廃人・第二号を心の中で「ゲーム仙人」と呼ぶことに決めた。

ぼくは自己紹介をした。

「はじめまして、市村一樹といいます」

「いいから、いいから。さっさと中に入ってよ」

ゲーム仙人はその風貌とは裏腹に、おどおどしているような素振りでぼくを部屋にまねき入れた。

く、くさい……。

ゲーム仙人の居住空間には異様なにおいが充満していた。しかも、うす暗い。

それもそのはずで、部屋のあらゆる窓には遮光カーテンが引かれていた。床は足の踏み場もないほど散らかっている。外観が立派なマンションだっただけに、外と内とのギャップがはげしかった。

「なんか、落ち着かないんだよな」

と、ゲーム仙人。

ぼくが「部屋が散らかっているからですか？」と聞こうとした矢先、次の言葉が飛んできた。

「ある意味、ドアを開けるときは命がけっていうか」

「はっ？」

「だって、ほら、アクションゲームの世界じゃ、ドアのすき間から敵に攻撃されるのがあたりまえだろ？　銃口なんて、ほんの数センチすき間があればねじこめるわけだし？　そもそも、すご腕の狙撃手がショットガンなんかかまえたら、こんなマンションのドアなんて、開いていようが閉まっていようが関係ないんだけどな。はっ、ははは、はっ」

ゲーム仙人はせわしなく部屋のあちこちに視線をはわせながら、早口で話した。

幻覚とまではいわないまでも、ゲーム仙人にしかわからない感覚があるようだ。

ぼくは食べかけのコンビニ弁当や、スープにカビがうかんでいるカップラーメンの容器をふまないように気をつけながら、ゲーム仙人に続いてリビングに移動した。

「あの、これ。お好きなんですよね？」

ぼくはまだ温かいコロッケを、袋ごとゲーム仙人に差し出した。

「わっ、飯だ！　一週間ぶりくらいじゃないかな、何か食うのは」

「マジっすか？」

「マジ、マジ。ゲームしてるときは、十六時間とか二十時間とか、ぶっ通しでやっちゃうタイプだから、オレ。あとは、寝るくらいだな。はっ、はははっ」

「腹はへらないんすか？」

さすがのぼくだって、いちばんひどいときでも二日に一度くらいは食べていた。

「へるよ。へる、へる。へるけどさ、外に出るとほら、何があるかわからないし？」

ゲーム仙人はそうこたえるとまた、ちらちらとカーテンの向こうへ視線を向けた。

何をかくそう、ゲーム仙人こと、花田智さんは「シェイドカンパニー」という人気の戦争ゲームの達人だ。体験版からずっとプレイしているらしく、ぼくがそのゲームにはまっていた一時期は、世界ランキングの十四位に君臨していた。

だけど……。

世界で十四番目に強いソルジャーの体は、コンビニ弁当とカップラーメンでできていたらしい。そのうえ、この人にとって安心できるのは、こんなにもうす暗くて、くさくて、ゴミであふれたこの部屋の中だけなのだ。

ぼくは、なんだかやるせなくなって、ゲーム仙人に聞こえないようにため息をこぼした。

異臭は部屋からだけでなく、ゲーム仙人自身からも放たれているようだ。

絶対に、風呂になんか入っていないだろうという確信があったけれど、一応、聞いてみることにした。

「食事が一週間ぶりってことは、風呂はどうしてるんすか？」

「う～ん……。昔、家族と一緒に住んでたころは、普通に二日に一度くらいは入ってたんじゃないかな。でも、大学に入って、一人暮らしを始めてからは、一週間に一度とか、十日に一度くらい？　最近はめったに人と会わないから、もっとだよ。カレンダーなんて見ないから、あっという間に一か月がすぎてることも普通だし。はっ、ははっ」

「一か月……。そういえば、ずいぶんと立派なマンションですけど、花田さんは一人で住んでるんですよね？」

だれかと一緒なら、絶対にその人が掃除をしているはずだ。

「まあね。うちの実家、金持ちだから」

突然のカミングアウトに戸惑いつつも、ぼくは「へぇ」と返事をした。

「オヤジもおじいちゃんも親戚のおじさんも、みんな弁護士やっててさ、先祖代々そういう家系で。……最初は、試験勉強の息抜きのつもりで『シェイドカンパニー』を始めたんだ。起動時のBGMを聴くとホッとして、敵を狙撃してるときだけは試験のプレッシャーから解放されて」

部屋のにおいに関係なく、なんだかぼくは苦しくなってきた。

ゲーム仙人はさらに続ける。

「田舎の家族は、いつかはオレも弁護士になると思ってる。ゲームしかできないのに、まいっちゃうよな。はっ、はははっ」

いやいや、花田さん。それ、笑えませんって。

いつまでも「ははは」と乾いた笑いをやめない花田さん。横顔を見ると、なんというか、すっげー悲しげな顔をして必死で笑っていた。

再び部屋を見渡すと、さっきは気づかなかったものの、机や棚、床のあちこちに司法試験対策用の問題集や六法全書が、スナックの袋やカップラーメンの容器にまじって散乱していた。

ぼくは、花田さんの夢と現実を同時につきつけられたような気持ちになった。

「花田さんがこういう生活をしているということを、家族は知っているんですか？」

「うすうすは感づいてるんじゃないかと思うけど。ただ、一度もここに来たことはないよ。きっと、現実を見るのが怖いんだろうな。一人息子が司法試験の勉強もせずに、毎日、二十時間近くもゲームばっかやってるなんてさ、普通、信じたくないよな。はっ、はははっ」

花田さんが何歳くらいなのか、はた目には想像することがむずかしい。ぼさぼさの髪、胸のあたりまでのびたあごひげ、垢がこびりついた顔、不健康にやせ細った体からは、やっぱり「仙人」という言葉しか思いうかばなかった。

「試験は……いつか受けるよ」

ゲーム仙人は小さな声でそう言ってから、やっぱりカーテンが閉め切られているゲーム部屋へと、ぼくを案内してくれたのだった。

7　きっかけは、いじめ

ゲームって、もっと楽しいものじゃなかったんだろうか？　いやいや、絶対にゲームは楽しいものだ。楽しいものだからこそ、桜井さんも花田さんも、そして、ぼくだって、ネトゲにのめりこんでいったんじゃないか。

なのに、どうして、どの廃人も幸せそうじゃないのだろう？

そんな疑問を抱えながら、ぼくがネトゲ廃人の取材第三号として訪れたのは、「おんぼろアパート」という言葉がぴったりとくる木造二階建ての集合住宅だった。

建物の外観から、室内は散らかっているにちがいないと思っていたのだけれど、部屋の主である小川さんはきれい好きなようで、部屋はこぎれいにかたづけられていた。

とはいえ、簡素な台所と六畳間がひとつあるだけの古めかしい部屋だ。

ちゃぶ台とパソコンがある六畳間の窓にはカーテンがなく、数着の衣類をハンガーにつるして日よけにしている。ペットボトルなどのゴミはきちんとまとめて、台所の隅に置いてあった。

「まったく、もたもたしてんじゃねぇよ。仲間の足をひっぱるくらいなら、死んじまえっ！」

乱暴な言葉にドキッとして、小川さんの横顔を振り向くと、今度は「あっ、すみません」と消え入りそうな声であやまられた。

小川直己さんは、二十代後半くらいの色白の男性だ。全体に線が細くて、メガネをかけている。「もやしっ子」なんていう言葉は、この人のためにあるんじゃないかと思ったくらいだ。

「なんのおかまいもできませんが」と言ったきり、ぼくをほったらかしにして、もうかなり長い時間、お気に入りのＭＭＯＲＰＧに夢中になっている。

「ちっ、ばーか！　『やられちゃった』じゃねぇんだよ。だれのせいで失敗したと思ってんだよ。死ねよ、ばーか！」

しばらくすると、またイラついたような声が飛んできた。直後、「すみません」と、またしても小川さんがぼくにわびる。どうやら、プレイ中は人格がかわるタイプのようだ。

それはそうと、部屋に上がらせてもらってからどれくらいたっただろうか？　部屋には時計がないし、ぼくは腕時計をつけていない。わざわざポケットのスマホを引っぱりだす気にもなれなかった。

「あの、すみません。ちょっとトイレを借りたいんですけど、いいですか？」

小川さんの背中に声をかけると、「部屋を出て右です。廊下のつきあたりに共同便所があります」と、小川さんはモニターから視線をそらすことなく教えてくれた。

今どき、公衆トイレくらいでしか目にしない和式トイレで用をたした。

ぼくは、部屋にもどると、相変わらずゲームに夢中になっている小川さんの背中に向けて話しかけた。

「部屋にトイレがないと不便じゃないですか？　いちいち外まで行かなくちゃいけないなんて」

次の瞬間、ぼくのほうを向いた小川さんの右ほおがピクピクッとけいれんしていた。

「市村さんもそこそこゲームする人だって聞いてたんですけど。そっか、プレイ中にトイレに行っちゃう人なんですか？」

さっきまでおどおどしていた小川さんの声が、急にきつくなっていた。

「もちろん、ここぞというときはがまんしますよ。でも、がまんにも限度があるので。MMORPGなんかやってる場合は、仲間にひと言かけてから抜けるって感じです」

「それ、迷惑だと思うんですよ」

「はい？　迷惑？」

きっぱりと断じられたぼくはおどろいて、思わず聞き返してしまった。

「そうですよ。だ、だって、MMORPGですよ。複数の人が同時にプレイしてるんですから」

「はい。ですから、その場合はひと言、仲間にことわってから……」

「ぼくには考えられないなぁ。そ、それに、ぼくは認めませんよ。だって、絶対にメンバーに迷惑がかかるじゃないですか！　ぼくを必要としてくれている人たちにっ」

「ぼくも、できるだけ仲間に迷惑はかけたくないと思ってます。だけど、じゃあ、小川さんは、トイレに行きたくなった場合はどうしてるんですか？」

そう聞き返したときには、もう、ぼくには答えが見えていた。

小川さんは「ボトラー廃人」にちがいない。

○△出版の薮内さんから「今度の廃人は、かなりやばいですよ。行けば理由がわかります」と言われていた意味がようやくわかった気がした。

案の定、小川さんはかたわらに置いてあった空っぽのペットボトルへ視線を向けた。

思ったとおり、ペットボトルで用をたす「ボトラー廃人」だったのだ。

「どうして、そこまでしてゲームを……」

ぼくはそう言葉にしてから、ハッとして息を飲んだ。

小川さんは軽蔑するようにぼくをにらんでから、小さな声で話し始めた。

「……はじめてできた友だちがネトゲ仲間でした。ぼくは学校でいじめられていたから、小学校に入学してから高校を卒業するまで、リアルで友だちができたことなんて一度もなかった。クラスメートからしたら、ぼくは必要のない人間だったんです」

「だけど、ゲームの世界ではちがうと？」

ぼくは小川さんのかわりに、そう言葉を続けた。

「そうです」

ゲームの世界に足をふみいれて、小川さんは生まれてはじめて他人から必要とされたのだろう。

――おまえのおかげで敵を倒せたよ！

――おまえがいたからクエストがクリアできたぜ！

――おまえがいなけりゃ、今ごろやられてたかもな！

大好きな仲間からそんなふうに言ってもらえたら、ぼくだって天にものぼるほどうれしい。

仲間を裏切りたくない。

仲間の期待にこたえたい。

ずっと一緒に戦っていたい。

そんなふうに思う小川さんが仲間のミスに舌打ちして、怒鳴り散らし、トイレに行く間も惜しんでプレイし続けたすえにボトラー廃人と化したのは、自然な成り行きのような気さえした。

同時に、ぼくは言いようのない無力感にも襲われていた。

小川さんのこの熱意が、ゲームの世界にしか注がれていないだなんて……。

ぼくはますますわからなくなってしまった。

ゲームって……ネトゲっていったい、なんだろう？

8　ハデス・バトラー

　ボトラー廃人の取材からもどったぼくは、原稿をまとめて○△出版の薮内さんを訪ねた。

「いやぁ、やっぱりおもしろいな。以前、テレビの取材にボトラー廃人がこたえていたことがあるんだけど、あっ、この『ボトラー廃人』ってネーミング、いいですね。で、そのボトラー廃人なんだけど、ヤラセ疑惑があったんだよね。だけど、やっぱりマジ物だったんだな。イッちゃってるよな、この人。あははは」

「………」

　薮内さんにおもしろいと言われても、ぼくはちっともうれしくなかった。むしろ、ネトゲ廃人たちのことをおもしろがる薮内さんの側に自分が立っているような気がして、いやな気分になった。

ゲームって、ネトゲって、なんだろう？

ぼくには、ゲームがただ悪いだけのものとは思えなかった。確かに、ゲームにのめりこんだところで、現実世界の何がかわるわけでもない。けれど、桜井さんにも、花田さんにも、小川さんにも、そして、ぼくにも、つらい現実世界からひとまず逃げこめる安息の地が必要だったのだ。そういった意味で、ゲームは弱った人たちの受け皿になっているともいえる。

悶々としながら家に帰ると、玄関前にスーツ姿のおじさんが立っていた。

「やっべ、忘れてた！」

今日が春野先生の訪問日だということを、ぼくはすっかり忘れていた。

「出かけてたのか」

ぼくがかけよると、春野先生は持っていたビニール袋を押しつけながら言った。

「なんですか、これ？」

袋を開けると、ふわん、といいにおいがただよってきた。このにおいは……今川焼きだ。

「さし入れだよ。原稿、佳境を迎えてるんだろ？　頭を使うとあまいもんが食べたくなるからな。寒い冬は今川焼きで決まりだろ」

ぼくたちは玄関のたたきに腰かけて、まだ湯気を立てている今川焼きをはふはふしながら食べた。春野先生がここまで入ってくるのは、はじめてのことだった。

「で、どんな感じなんだよ？」

ひとつめの今川焼きを食べ終えたところで、春野先生に聞かれた。

「さっき出版社に行って、編集者と会ってきたところです」

「順調に進んでるようだな。安心したよ」

「順調……なのかな？」

「なんだ、何か問題でもおきたか？」

「なんか、ゲームってなんだろうって、そんなことばかり考えるようになっちゃって。『ネトゲ廃人』って、ネトゲの世界では『神』とまで呼ばれてるから、どんなにすごい人かと期待してたんですけど、なんていうんだろう、実際に会ってみたら普通の人だってわかったし……。なんていうか、みんな傷だらけって言えばいいのかな。そう、そうなんですよ。廃人はみんな傷だらけだったんです。理由はそれぞれちがうんだけど、みんなリアルな世界で傷ついて、それで、ネトゲの世界に逃げこんだ人たちだったんですよ」

春野先生に向かってそんなふうに話しながら、ぼくは同時に自分の生い立ちを振り返ってもいた。

両親が離婚して、さびしさをもてあましていた小学生のころ、オンラインゲームなら昼夜問わず、二十四時間、いつでもだれかとつながることができた。

きっと、あのときのぼくが求めていたのは、これまで春野先生にさんざん言われ続けてきた「社会とのつながり」だったのだろう。

だけど、つながる先は本当にネトゲでよかったのだろうか？

確かに、ネトゲを通じてだれかとつながっていれば、一時的にさびしさはやわらぐだろう。ゲームの世界とはいえ、気の合う仲間や恋人とすごす時間はとても濃密だ。もし、そんな彼らから必要とされたら、自分自身の価値が高まったような気持ちにもなるだろう。現実世界で感じていた劣等感やさびしさは薄らぎ、満足感と達成感を得るにちがいない。

けれど……。

ゲームの中のアイテムを現実世界に持ちこめないように、「あっち」の世界で築いた人間関係を「こっち」に移行することはむずかしいんじゃないだろうか。ゲームをやり続けるかぎり、「こっち」の世界では、相変わらず一人ぼっちのままになってしまう可能性は高い。

春野先生はぼくの話を黙って聞いてくれた。そして、言った。

「ずいぶんと冷静に自分を見つめられるようになってきたな」

「冷静すぎて、逆にいやなやつになったみたいな気分ですよ」

「客観視できるようになったんだから、前進したってことだよ」

「これがですか?」

ちっともうれしくなかった。

「以前とくらべて、ゲームについやす時間も減ってきてるんじゃないか?」

春野先生に指摘されたとおり、前ほどプレイしなくなっていた。だけど、それは、原稿の締め切りで手いっぱいになっているせいだと思っていた。

春野先生はじっくりとぼくの顔を見て、言った。

「おまえ自身、そろそろ次の一歩をふみだすときが来たんじゃないのか」

「次の一歩？」

「市村（いちむら）だからこそ、できることがあるんじゃないのか」

「ぼくだからできること、ですか？」

ぼくにとってゲームとは……。

ぼくはすぐに返事をすることができなかった。


その晩（ばん）、ひさしぶりに「ハデス・バトラー」にログインすると、ぼくのアバターであるレザンあてにメッセージが届（とど）いていた。

コーダルからだ！

ぼくのパーティーを崩壊（ほうかい）させるきっかけをつくった、コーダル。ゲーム内恋愛（れんあい）のすえに仲たがいし、仲間からも叱責（しっせき）された彼（かれ）は責任を感じて、パーティーから抜（ぬ）けてしまったのだった。以来、連絡（れんらく）を取ったことはない。

メッセージを開くと、「レザンさん、助けてください!」とだけ書かれていた。

「どうした?　何があったんだ?」

ぼくはそう返信して、クワンラオネの街にある酒場へ向かった。そこにいたアバターたちに、コーダルの消息をたずねてまわる。

五人目で、「知ってるわよ」と返事があった。

——もしかして、コーダルの仲間になりたいの?　やめときなよ、あんなやつ

——何か問題でもあるのか?

——うそでしょ。あんた、コーダルのことを知らないの?

——昔、一緒にパーティーを組んでたことはあるけど……。コーダルについて知ってることがあるなら教えてほしい

——だったら、ネットの掲示板を読んだほうが早いって。あいつがしたこと、全部アップされてるはずだから

——わかった。見てみるよ。ありがとう

教えられたとおり「ハデス・バトラー」の掲示板にアクセスすると、これでもかというほど、コーダルの違反行為が書きつらねられていた。ほかのプレイヤーが狩っていた敵を横取りしたり、初心者ばかりをねらってボコボコにしたり、リアルマネーでアイテムを売買したりと、やりたい放題やっているようだ。よほどいやな目にあわされた人が書きこんだのか、住所などの個人情報までさらしてあった。

「レザンさん、レザンさん！」と、無邪気に慕ってくれたコーダルの姿が脳裏をかすめる。

裏切られたとは思わなかった。ただ、ぼくのパーティーから抜けて、孤独をきわめたコーダルがやけをおこしている姿が容易に想像できた。ぼくは、自分のことのように苦しくなった。

ぼくに、何かできることがあるんだろうか？

ぼくは、かつての自分に逃げ場をあたえてくれたゲームやネトゲ廃人たちに、恩返しをしたいと思うようになっていた。

ぼくは、掲示板にさらされていたコーダルのものとおぼしき住所をメモした。

9 ネトゲハウス

一年半後。

「みなさん、こんにちは！　わたしは今、オープンしてまもない『ネトゲハウス』におじゃましています！　こちらにいらっしゃるのが店長の市村さんです！」

テレビ局のレポーターにマイクを向けられたぼくは、「こんにちは！」と、元気よくあいさつした。

「市村さんは、『みんなの知らないネトゲ廃神』の著者でもあるんですよね。どうしてまた、このような施設をつくろうと思ったんですか？」

「ぼくも以前はゲームばかりしていて、要するに廃人でした。だからこそ、ぼくのようなネトゲ廃人にとって、悩み相談ができて、リアルな社会とつながることができる場所をつくろうと思ったんです。それが、この『ネトゲハウス』です！」

「ネトゲハウス」は、個人で立ちよることもできるし、ゲームのパーティーで利用することもできる、ネットカフェスタイルの「たまり場」だ。オフ会でも利用できるように、ドリンクやフードメニューのほかにカラオケも用意してある。今のところ、スタッフはぼくを入れて二人だけれど、徐々に増やしていきたい。もちろん、全員、元ネトゲ廃人にする予定だ。ゲームのことだけでなく、社会復帰の相談に乗ることもできるなら、さらによい。

「ネトゲハウスはかけこみ寺的な役割も意識してつくられたんですよね。いつかはハローワークなどの行政機関と連携して、求職マッチングなんかも考えていらっしゃるとか？」

「そうですね。それまでは、お客さんとして来てくれた人が、いつの間にかスタッフの側に立ってくれていたら、なんて考えています。とにかく、手をのばせば引っぱってくれて、どんな自分でも受け入れてくれる。そういう場所にしたいんで、ぜひ、みなさんも気軽に立ちよってみてください！」

「ネトゲ廃人にとってのいこいの場になるといいですね。がんばってください！」

取材を終えて、テレビ局のクルーが撤収すると、キッチンから「店長！」と声がかかった。

「店長はやめてくれって言ってるだろ」

「でも、店長は店長じゃないっすか。さっきのテレビ局のおねーさんだって、そう呼んでたし」

「以前のまま『レザン』でいいよ。ぼくもおまえのことは『コーダル』って呼ぶからさ。このあいだもそう話しあっただろ」

一年前に、高校中退ニートで、元ネトゲ廃人のぼくが書いた本が書店にならぶと、予想以上の反響があった。○△出版の薮内さんの提案で、宣伝とサイン会をかねて全国の書店を行脚していたぼくは、その途中でコーダルの家を訪ねたのだった。

いつかネットでひろった住所をもとに向かった先にあったのは、ごくごくフツーの家だった。表札があって、小さな庭があって、レースのカーテンがかかった窓があって……。どこにでもありそうな、実際、どこにでもある、平和で幸せそうな家庭。

対応してくれたお母さんに事情を話して、ようやく顔を出したコーダルに生気はなかった。聞けば、「ハデス・バトラー」のBGMが耳から離れず、毎晩、ろくに眠れていないという。

その瞬間、ぼくの脳裏にママさんゲーマーの桜井さんの姿がよみがえった。見えない敵からの攻撃におびえている花田さんもよみがえった。トイレをがまんしてまで仲間につくそうとしている小川さんもよみがえってきた。

そして、ぼくは決めたのだった。ネトゲハウスをつくろうと。ネトゲ廃人たちの受け皿をつくろうと。

かつてのぼくがそうだったように、ネトゲ廃人たちも、いつか目を覚ます日が来るかもしれない。そのときに、リアルな世界での受け皿が用意されていなければ、また道に迷ってしまうだろう。目をそむけていた残酷な現実世界に、押しつぶされてしまうかもしれない。

そうさせないためにも、ぼくはネトゲ廃人たちの受け皿となる場所をつくろうと決めたのだった。

ここで仕事を始めて、コーダルはだいぶ生気を取りもどしたかに見えた。

そんなコーダルをながめていると、「なんすか?」と眉間にしわをよせて聞かれた。

「なんでもないよ。で、なんの用だよ?　さっき、『店長』って呼んだよな」

「あ、そうそう。なんか、春野とかいうおっさんから電話があって、今日、ここに来る予定だったけど、仕事がいそがしくて行けないから、家庭訪問は別の日にしたいって」

「了解」

「なんすか、家庭訪問って？」

「別に、なんでもないよ」

ぼくは短くこたえると、呼びこみのチラシを持って表に出た。

春野先生。おかげさまで、社会との糸はなんとか切らずににぎりしめていますよ。

初夏。梅雨明け間近の日差しは鋭く、厳しい。

街のあちこちで、セミがジージーと鳴き始めていた。

解説

精神科医　岩崎正人

◎ネットゲームを始めるきっかけ

人づき合いが苦手な若者にとって、人間社会で生き抜くのは生やさしいことではありません。他人から傷つけられることもあれば、知らぬ間に他人を傷つけてしまうこともあります。現実世界に身の置きどころがなくなった人は、ネットゲームがつくり出すバーチャルな空間で息抜きをするようになるのです。

◎ネットゲームにはまる（ゲーム依存）

ネットゲームは、つらいリアルな世界を忘れさせてくれます。レベルアップを目指せば、やりがいと達成感が得られます。ゲームに参加するメンバーとのあいだには連帯感も生まれます。一方、ゲームに負け、落ち込み、不快感に襲われることもあります。このように快感と不快感が脳内にインプットされ、毎日、何時間もゲームをするようになります。そして、さらに強い刺激を求めるようになり、時間や頻度がエスカレートしていき、ゲームにはまっていくのです。

◎ネットゲームにはまったときのリスク

ネットゲームにはまったときには、以下の三つのサインが見られます。

①いつもゲームをやりたくて仕方がない。

②決められた時間にやめられない。

③ゲームができないとイライラして落ち着かない状態になる。

さらに、ネットゲームにはまりすぎると体調が悪くなり、生活が乱れ、家族には心を閉ざすようになります。パソコンの前に長時間すわり、体を動かすことがないので、食欲は減退し、疲れやすくなります。集中力も低下して、些細なことでキレる人もいます。

本作の主人公・市村や取材相手のネトゲ廃人たちは、食事・入浴・睡眠時間が不足して、昼夜逆転した生活におちいっています。学生の場合、本条のように遅刻や欠席が増え、成績が下がり、しだいに登校しなくなる人もいます。ついには衣類や身のまわりのことにも関心を払わなくなり、引きこもりがちな生活から抜け出せなくなるのです。

家族と話す機会が減り、それを心配した家族が問いただすと、強く反発する人もいるでしょう。ゲームソフトやアプリを手に入れるために、お金を要求することもあります。

◎振り返り——依存している自分に向き合う

ゲーム依存から抜け出す第一歩は、自分とゲームとの関係を洗いざらい思い出し、正面から向き合うことです。

市村は、みずから立ち上げたブログを利用して、この作業に取り組みました。その結果、春野先生が指摘するように、ゲーム依存という問題を客観視できるようになったのです。

◎分かち合い——体験を重ね合わせて理解を深める

回復への次の一歩は、自分の体験と他人の体験とを重ね合わせて、より一層、理解を深めることです。

市村が出版のために「ママさんゲーマー」「ゲーム仙人」「ボトラー廃人」を訪ね、取材を通じて自分の抱えるゲーム依存の本質に切り込んでいったのが、その一例です。

◎抜け出す――リアルな人間との仲間意識をはぐくむ

ゲーム依存から脱出するためには、自助グループへ参加することがおすすめです。自助グループとは、ゲームにはまった若者たちが定期的に集い、話し合いをするグループです。グループでは、参加者がゲーム依存の体験を語り、他人の話を聞きます。他人の体験と自分の体験には驚くほど共通点が多く、重ね合わせを続けることによって、自分のゲーム依存にあらためて気づかされるのです。

一方、ほかのゲーム依存症者との出会いは、リアルな人間との仲間意識をはぐくみ、孤独感をやわらげることにつながります。さらに参加者は生きる勇気を手に入れ、将来への希望を持つことができるようになります。

このような経過を通して、心が落ち着きを取り戻し、ゲームへの欲求が低下するのです。

本作では、主人公たちが立ち上げた「ネトゲハウス」が自助グループの役割を担っています。傷ついた人の心を癒すのは、同じように傷ついた人の心です。傷ついた心は寄り添われ、痛みを分かち合うことによって再生するのです。

ぼくのネット友だち

鎌倉ましろ

1 悩めるぼく

放課後、ぼくがパソコンルームでイラストを描いていると、小学校からの幼なじみであるハヤトが入ってきた。

「やっほー、オギノ。うっわ、あったけー。やっぱエアコンは最強だな。このまま練習に行くのやめよっかなー」

運動神経抜群のハヤトは、この高校でサッカー部とパソコン部をかけもちしている。ぼくはときどき、ハヤトがサッカー部の部室としてパソコンルームを利用するために、パソコン部をかけもちしているんじゃないかと思ったりもする。

ハヤトはぼくの隣にドカッと腰かけると、購買で買ってきた「ミミちゃん」（食パンの耳でつくったオリジナルラスク）を食べ始めた。

ぼくとハヤト、二人きりのパソコンルームに、ミミちゃんをかじる音がサクサクとひびく。

少数精鋭といったら聞こえはいいかもしれないけれど、うちのパソコン部は部員が五人と少ない。しかも、ぼく以外は幽霊部員だ。部室も日当たりがいまいちな北校舎の端にあるし、一応、顧問の先生はいるものの、めったに顔を見せないナマケモノときている。とはいえ、考えようによったら、部員が少ないのも気楽でいいのかもしれないけれど。

ハヤトはあっという間にミミちゃんを食べきると、「やっぱ大袋にしとくんだったなぁ……って、金がなかったんだっつーの」と一人ツッコミを放ち、チラリとぼくを見た。

「なに？　何も持ってないけど」

ぼくはこたえた。そもそもパソコンルームは飲食禁止だ。

「そうじゃなくて。なんか、オギノ、元気ないなーと思ってさ。何かあったのか?」

「べ、別に? いつもどおりだけど……」

そう言い返したものの、内心ドキッとした。

「いつもどおりだと~? そんなわけあるかっての。だったら聞くけどさ、どうして篠丸アヤのコスチュームが青なんだよ?」

ハヤトは、パソコンの画面に表示されているぼくのイラストに目を向けると、そこに描かれているアニメキャラクターの衣装の色を指摘した。

しまった! ぼくとしたことが、うっかり配色をまちがえてしまった。

さすがは小学生のころからの腐れ縁だけある。ぼくのことはお見通しというわけか。

「ほら、ほら、ほら。悩みは自分一人で抱えこんでちゃだめ、だめ、だーめ。このオレに話してみなさい、オナラくさーい」

ハヤトは自分で言っておいて、腹を抱えて笑い始めた。

まったく。なんだよ、こいつ。

とはいえ、確かに、ぼくが篠丸アヤのコスチュームのカラーをまちがえるなんて重症だ。

ぼくはくやしさ半分で、ハヤトに事情を説明し始めた。

2　ぼくとレイヤとの出会い

ぼくが落ちこむことになったのは、ネット友だちであるレイヤの身にふりかかったトラブルがきっかけだった。しかも、レイヤからの相談に、ぼくは親身になってあげられなかった。

そのことについて話す前に、まずは、ぼくとレイヤの出会いから説明しようと思う。

ぼく、荻野謙介とレイヤが出会ったのは、中学から高校に進む直前の春休みのことだった。

塾の先生から「もう少しランクを下げて受験したほうが身のためじゃないか？ちょっと強気すぎる出願だなぁ」と言われていたぼくは、猛勉強のすえ、見事、第一志望の飛葉高校に合格した。両親は受験勉強をがんばったごほうびにと、ぼく専用のパソコンを買ってくれた。

もともとインドア派で、外で友だちと遊ぶよりも、家の中でスマホやパソコンをいじっているほうが好きだったぼくだ。自分のパソコンを買ってもらったのを機に、どんどんのめりこんでいった。春休みのあいだは、一日中パソコンをいじっていたと思う。特に、画像編集ソフトを使ってイラストを描くことに夢中になっていた。

その日も、ぼくは真新しいパソコンでイラストを描いていた。アニメ『魔界の受難』をイメージしたイラストだ。

イラストを描き始めたばかりのころは、画像編集ソフトを使って描くだけで満足していたぼくだけど、使いこなせるようになるうちに、自分が描いたイラストをだれかに見せて感想をもらいたいと思うようになっていった。

とはいえ、ぼくは友だちが多いほうではない。おまけに、今は春休み中だ。共通の会話ができそうな友人は身近にいなかった。

そこで、*SNSの*アカウントをつくることにした。ニックネームは「オギっち」だ。

さっそくオリジナルイラストを投稿すると、何件かの感想がよせられた。

――イラスト、うまいっすね！
――やばいwww
――めっちゃかわいい～
――今度ぜひ、『ハレルヤ合唱部』のネオとルナのツーショットもお願いします！！！

どれも好意的なコメントだったから、いやな気はまったくしなかった。むしろ、反応があったことで、がぜん、イラストを描く気力が満ち満ちていった。

これに気をよくしたぼくは、以降、定期的にSNSにイラストをアップするように

SNS……メッセージのやりとりや、写真の投稿・共有などができる、コミュニティ型のインターネットサービス。

アカウント……インターネットなどで、利用者の領域に入りこむための権利、また、利用者を確認するための文字列など。

なる。

レイヤからはじめてメッセージをもらった日も、ぼくは、イラストを描き進めては
ＳＮＳで感想をチェックする、ということを繰り返していた。

――オギっちさんのイラスト来たーーーーっ！！！

――激萌え～

――今日のもいいですね！

――なんのソフトを使ってるのか聞いてもいいですか？

そんなほめ系のコメントにまじって、「いつもイラスト見てまっす！　もしかして、
オギっちさんのイラストって、『魔界の受難』がモデルっすか？　オレも『魔界の受

難』のファンです！　だとしたら、ちょっと気になることあって……。アスカのコスチュームなんですけど、ラインマンブーツじゃなくてカントリーブーツのほうがいいんじゃないかなって」という指摘を受けた。

差出人は「レインマン」。

「アスカ」というのは、ぼくが好んで描いているオリジナルキャラクターのことだ。レインマンが指摘したとおり、『魔界の受難』をイメージしながら描いていた。

「はっ？　なんだよ、カントリーブーツって。ブーツはブーツだろ」

ぼくは毒づいた。

ぼくはアニメが好きで、イラストを描くのが趣味。がんばれば、そこそこ難易度が高めの高校にも合格できる。

ただし、服装に無関心で、ファッション雑誌をめくったこともなければ、自分で洋服を買いにいったこともなかった。当然、ラインマンブーツとカントリーブーツのちがいもわからなかった。

「あー……クソ。だめだ、集中できない」

最初は、レインマンのコメントなんて無視していたが、すぐにぼくはネットで検索してみた。

ブーツとは、くるぶしがかくれるくらいの丈で、ひもでしばる……というあいまいな認識でいたものの、さまざまな種類があることがわかった。

そして、調べれば調べるほど、「宇宙貴族」の設定であるアスカがはいていそうなのは、英国貴族が発祥といういわれを持つカントリーブーツしかないと思うようになっていった。

レインマンの指摘は正しかったのだ。

その晩、ぼくははじめてＳＮＳのコメントに返事をした。もちろん、相手はレインマンだ。

――指摘してくれてありがとう。確かに、アスカのブーツはカントリーブーツって感じだな

――うわっｗｗ　オギっちさんから*リプが来た！！！

それが、ぼくとレイヤがはじめてつながった瞬間だった。

リプ……返信。返事。「リプライ（reply）」の略。

3 ぼくの高校生活

プライベートでは華々しくＳＮＳデビューを果たしたぼくだったけれど、高校デビューはパッとしなかった。

「自由・自主性・探究心」を建学の三本柱にしている飛葉高校には、制服がない。

入学式直後の一年二組の教室で、ぼくはクラスメートのファッションセンスに、まず、どぎもを抜かれた。みんなそれぞれ「自分」を体現するみたいな個性的なかっこうをしていたからだ。どの子もおしゃれで、どんな服にもくふうが見られた。

一方のぼくはといえば……色あせた赤と緑のチェックのシャツに、ひざが抜けたベージュのチノパン。たんすから引っぱりだして着てきました感がハンパない……。

ファッショナブルで自由で、キラキラしているクラスメートを前に尻ごみするぼく

をよそに、

「おっす、おっす、オラ悟空！　っていうのはウ、ソ、で、オレの名前はハヤト。特技はサッカー。むしろ、サッカーしかできねぇけど、よろしくなっ」

　いきなりハヤトがどでかい声で自己紹介をかました。

「やだぁ。ハヤトくん、おもしろ～い」

「うちのサッカー部って超強豪なんでしょ？　レギュラーになれたらすごいよね」

「ポジションどこ？　オレもサッカー部ねらいなんだ。仲間がいてうれしいよ」

　などと言いながら、さっそくクラスメートがハヤトをかこんだ。

　昔からサッカーで体をきたえているせいか、ハヤトは白いパーカーとブルージーンズといういたってシンプルなかっこうなのに、すごく見栄えがする。

　そんなハヤトを尻目に自分の席へ向かうと、『高校生になったあなたへ』という冊子に目を通していた隣の女子が声をかけてきた。

「やっぱ、高校生になると、みんなおしゃれだね。わたしのジーンズなんかお兄ちゃんのおさがりだし、どうしようって感じ。あ、わたしは織田ミナミ。双葉中から来たの。よろしくね」

あらためてミナミを見ると、小動物のようにかわいらしい顔とは裏腹に、ハヤトとよく似たボーイッシュなかっこうをしていた。

だけど、そういうギャップがすごくいいと思った。

そのとたん、ぼくは気はずかしくなって、目も合わせずに、ぼそぼそっとミナミに自己紹介をしたのだった。

家に帰ったぼくは、いつもどおりパソコンを起動させた。だけど、これまで夢中で描いてきたイラストに、その日は没頭できなかった。

理由はわかっていた。新たに高校生活がスタートしたからだ。

同い年なのに、ひとまわりもふたまわりも大人っぽく見えるクラスメートたち。いきなり個性全開で新しいクラスになじんだハヤト。そして、隣の席のミナミという女子の存在……。

もやもやした気分のままＳＮＳをチェックしていると、今日も「レインマン」からメッセージが届いていた。先日、オリジナルキャラクターのブーツについて指摘してくれた人物だ。

――オギっちさんのイラストは「目」がいいっすね!!　哀しみとか強さとかを秘めてるっていうか。それに、どんどんイラストがうまくなってる

ぼくは返事をした。

――だったらいいんだけどw　でも、しばらくイラストは描かないかもしれない

すぐに、レインマンから返事が来た。

――えーっ、もったいないっすよ！　ガチでプロのイラストレーターめざせるレベルなのに……。もしかして、プライベートで何かあったんすか？　っていうか、オギっちさんって、何歳ですか？？　オレは明日から高校生になります！

「へぇ。タメだったのか」

ぼくはパソコンの前でつぶやいた。

ラインマンブーツとカントリーブーツのちがいがわかるくらいだから、おそらく、レインマンはぼくとちがってファッションに興味があるのだろう。高校は制服だろう

か、私服だろうか？　どこに住んでいるのだろう？

レインマンのことが気になり始めたぼくは、過去のＳＮＳの投稿をチェックしていった。プロフィールも読んでみる。

インドア派でイラストを描くのが趣味のぼくと、ファッション大好きでアルバイトに明けくれているレインマンとは、タイプもちがうようだった。

そもそも、ＳＮＳは友だちづくりのために始めたわけじゃないしな……。

結局、この時点では、ぼくはレインマンをフォローしなかった。

4 ぼくの日常

四月下旬。その日も、学校のパソコンルームにこもってイラストを仕上げていると、パソコン部顧問である鈴木先生、通称ズッキーがやってきた。

ぼくがパソコン部に入部した決め手はふたつある。まずは、パソコンに興味があったから。そして、部員が少ないというのもポイントだった。ハヤトとちがって人見知りしがちなぼくにとっては、「うちの部は幽霊部員ばっかりだからな。熱心に指導してくれる先輩は皆無だと思え」という、顧問の言葉もよかった。

「あれっ？　鈴木先生、どうかしたんですか？」

放任主義を自認するズッキーが部室に顔を出すなんてめずらしい。実際、入部届を出して以来、今日までズッキーとは、なんの接触もなかった。

「いやぁ、ほら、じきにゴールデンウィークが始まるだろ？」

確かに、あさってから連休だ。その期間中、パソコンルームが使えないとか、そんな話をされるのだろうかと先読みしていると、一枚のプリントを渡された。

ぼくはプリントのいちばん目立つ文字を読み上げた。

「『最近のネットトラブル……被害にあわないために』。なんですか、これ？」

「読んで字のごとくだよ。最近は、若年層がターゲットになったＳＮＳがらみの詐欺やトラブル、個人情報の漏えいなんかが増えてるんだ。休み中は何かと気がゆるみがちになるだろうけど、気をつけるんだぞ」

「ネットトラブル？　大丈夫ですよ。心配いりません」

そう言って、ぼくはプリントを返そうとした。

基本的に、家にあるぼくのパソコンはイラスト専用だ。感想がほしくてＳＮＳにイラストをアップすることはあっても、ネットトラブルのような深みにはまることはないはず。

「ま、念のために持っておけ。そういえば、これ。あいつに渡しておいてくれないか？」

「あいつ？　先輩のことですか？」

ぼくが一度も顔を見たことがない先輩たちをイメージしていると、

「ちがう、ちがう、篠島隼人だよ。クラスが一緒なんだろ？」

ズッキーに言われた。

「へっ、ハヤト？　だって、あいつはサッカー部のはずじゃ……」

「うちと兼部してるぞ。なんだ、知らなかったのか」

まったくの初耳だった。

あのサッカーバカのハヤトがパソコン部？

ハヤトとは、教室でときどき話す程度で、いつも一緒にいるわけではなかった。

ぼくは、ハヤトがパソコン部に所属しているなんて、これっぽっちも知らなかった。

いつもより少し早めに部活を切り上げたぼくは、放課後の校庭でサーキットトレーニングをしているハヤトをつかまえた。

「ほら、これ。顧問の鈴木先生から」

ズッキーから託されたプリントを渡す。

「サンキュー。なっかなかそっちに顔を出せなくて悪いな。なにしろサッカー部の練習が鬼でさぁ」

「ハヤトがパソコン部と兼部してたなんて初耳だよ。パソコンに興味なんてあったのか？」

「もち！　今はサッカーでいそがしいけど、大学は電子工学科とか情報システム科とか？　プログラミングが勉強できそうなところを考えてるんだ」

ハヤトはそうこたえると、ズッキーのプリントをくしゃくしゃにまるめてジャージのポケットにつっこんだ。

「おい、一年！　なにしてんだっ」

「やっべ。鬼怖い先輩に見つかっちった。そんじゃ、ありがとな！」

ハヤトの背中から視線をそらしたそのとき、フェンスの向こうでサッカー部の練習を見守っている女子の一団に目がいった。

ミナミもいる。

入学当初、お兄さんのおさがりを着ていたミナミは、最近は、スカートやワンピースを着てくるようになった。今日は、袖のところがフリルになっているピンク色のパーカーと、ひざ丈の紺のスカートだ。

……すごく、かわいい。

ミナミはぼくと目が合うと、すぐに視線をそらしてしまった。

5 本格的にSNSデビューする

その日の晩、ぼくはいつもどおりレインマンとメッセージのやり取りをした。

——クラスメートが同じパソコン部に入ってたの、今日まで知らなかった～

——ｗｗｗｗもうすぐ五月っすよ。今まで気づかなかったとか奇跡でしょ。ちなみに、その人もオギっち師匠と同じくらいイラストうまいんすか？

同い年にもかかわらず、レインマンはぼくのことを「オギっち師匠」と呼ぶ。しかも、微妙な敬語。

さっそく「未知数！」とメッセージを送ると、すぐに、レインマンから返事が届いた。

――未知数ってｗｗｗ　ところで、よかったら、師匠も、そろそろオレのことフォローしてくださいよ。おたがいフォローしあえば、ダイレクトメッセージとか送れるようになるし♪

そのメッセージを読んだ瞬間、ズッキーから渡されたあのプリントのことが脳裏をよぎった。ＳＮＳで友だちになったのをきっかけに、トラブルに巻きこまれることもあると書いてあったからだ。

一方で、これを機に、もっともっとレインマンと仲よくなれるかもしれないという気持ちもあった。レインマンになら、日々のファッションや学校で気になっているミナミの存在についてだって、相談できるかもしれない。

ぼくは、ズッキーにもらった『最近のネットトラブル　～被害にあわないために～』

のプリントを通学カバンから引っぱりだすと、いそいでチェックした。

「SNSで友だちになる際の注意事項――過去の投稿内容や、いつ登録されたアカウントかを確認すること」と書いてある。

「最初から画像や個人情報を送るように要求してくる相手には要注意」だとも。また、フォロワー数が多いからといって、安心・安全というわけではないらしい。

レインマンとは春休みに知り合って、一か月とちょっと。『魔界の受難』にもくわしいようだから、マイナーアニメ好きという共通の趣味も持っている。ぼくのイラストをほめるだけでなく、時に厳しい指摘もしてくれるから、きっと、うそをつけない人柄なのだろう。何度となくかさねてきたやり取りから、レインマンが高校生になりすましているのではなく、実際に高一だということも推測できた。

よくよく考えたすえ、ぼくはレインマンのアカウントをフォローすることに決めた。

さっそく、レインマンからダイレクトメッセージが届く。

《うわっ！　オギっち師匠にフォローしてもらえるとか、めっちゃうれしいんですけど！！！　あらためて、レインマンの「レイヤ」です。よろしく～》

レイヤだからレインマンと名乗ってたのか。えっと、《こちらこそ、よろしくな》とぼくは返信した。

《うぃーす。せっかくなんで、これからも「オギっち師匠」って呼んでいいっすか？？》

《いいよ》

《サンキューです！　ずばり、オギっち師匠は『魔界の受難』のヘイトルは好きっすか？》

《ヘイトル？　あいつ皮肉屋で感じ悪いからな～》

《いやいやいや、ここぞというときには力を貸してくれるし、オレの中ではツンデレ認定のいいやつっすよ。それに、ミリタリーファッションもめっちゃキマってるし！　オレ、ああいうかっこうにあこがれるんすよね～》

「なるほどねー。ヘイトルみたいなかっこうを『ミリタリーファッション』っていうのか。やっぱ、レイヤはそっち方面にくわしいんだな」

ぼくはそうつぶやいてから、こう返事を書いた。

《もしよければ、ぼくの私服にアドバイスくれないか？　うちの高校、私服なんだ》

6 レイヤと仲よくなる

レイヤをフォローするようになって、七か月がたった。

ダイレクトメッセージを送りあうようになったのを機に、ぼくたちの関係は深まっていった。

レイヤは福岡県在住の十六歳。アニメ『魔界の受難』と同じくらいアイドルグループ「カフェ・ムーン」が好きで、もちろんファンクラブにも入っている。勉強にも部活にも興味はなく、「放課後探検隊」を自称していて、学校が終わるとアルバイトに直行する。稼いだバイト代はすべて、ファッション誌と洋服代に消えるらしい。

はじめてダイレクトメッセージをやり取りした際、《ぼくの私服にアドバイスくれないか？　うちの高校、私服なんだ》とメッセージを送ると、《それ、最高じゃないっすか！　マジでうらやましいっす!!　オレだったら、毎朝、テンション上がりまくりっすよ♪》と返事が来たほどファッションに興味があるようだ。

その日からしばらくは、ダイレクトメッセージでファッションについてアドバイスをもらっていたものの、やがて、ビデオ通話でやり取りするようになった。

理由は簡単だ。ぼくがファッションにうとかったから。

レイヤからアドバイスをもらおうにも、ファッション用語を文字で説明されても、ちんぷんかんぷんで意味がわからなかった。いっそのこと、映像で現物を見せあったほうが手っとり早いんじゃないかという話になって、ビデオ通話でやり取りするようになったというわけだ。

十二月のある日、一週間後にひかえた定期テストの勉強のために机に向かっていると、パソコンにビデオ通話の呼びだしが表示された。

相手は、レイヤだ。

画面の向こうに、ワックスでキメた無造作ヘアにシルバーピアスというレイヤの姿がうつしだされる。

一方のぼくはといえば、レイヤに背中を押されるまでは近所の理容室で髪を切っていたほど、おしゃれにはほど遠かった。もちろんピアスホールは開けていないし、レイヤがときどきつけているごっつい指輪もひとつも持っていない。洋服自体、これまでは母に買ってきてもらっていた。

タイプのちがうぼくたちは、たぶん、ガチな世界では友だちになっていなかっただろう。

けれど、ＳＮＳを通じて出会い、実際に話してみると気が合った。

それどころか、今では、気がねなく話ができる存在だ。アニメの話もファッションの話もできるから、レイヤとのビデオ通話は楽しい。

「うぃーす、オギっち師匠。今、大丈夫っすか？」

一瞬、テストのことが脳裏をよぎったけれど、ぼくはオーケーした。

「いいよ。なんかあったのか？　やけにテンションが高いみたいだけど」

「へっへー。わかりますぅ？　じつは、来週、カフェ・ムーンのライブに行くことになったんすよ！」

「カフェ・ムーン」といえば、レイヤが大好きなアイドルグループだ。最近はビデオ通話の向こうから聞こえてくるBGMがカフェ・ムーンの曲ばかりだった。

「すごいな！　チケットが取れたのか？　よかったじゃないか」

「めっちゃうれしいっすよ〜。カフェ・ムーンの九州公演は今回がはじめてで、ついについにって感じっす。いつも東京や大阪ばっかりだったから、九州全土のファンが待ちに待った公演なんですけど、運よくチケットを譲ってくれるっていう人があらわれて、超絶ラッキーでした」

「あれっ？　レイヤはそもそもファンクラブに入ってるんじゃなかったっけ？」

念のためたずねてみると、ファンクラブの抽選にもれてしまったのだと、レイヤはこたえた。

「ネットで検索したら、急な用事で行けなくなったとかいう人が見つかって……」

レイヤがそこまで話したとき、ぼくはなんとなくいやな予感がした。

「ネットで知り合った人なんだ。それで？」

「これがまた、オギっち師匠と同じくらい、いい人なんすよ！　って、あれっ？　もしかして、オギっち師匠、今はテスト前っすか？」

そこで、デレデレとにやけていたレイヤの顔が引き締まった。

どうやら、パソコンのカメラ越しに、ぼくの机に積まれている教科書やノートが見えたようだ。

「まあね。でも、レイヤだってそろそろテストだろ？」

「そうっすけど、オレは放課後探検隊なんで、授業とか成績とか、どうでもいいんすよねー。そうしたら、あんま長話はしないほうがいいっすね。オギっち師匠は頭もいいんだから、ちゃんと勉強しないと」

「そんなこともないけど……」

「それじゃ、今日は報告ってことで、オギっち師匠のテストが終わったころに、また連絡します！」

レイヤはテスト前のぼくを気づかって、早めに通話を切り上げてくれた。

なんていいやつだろう。

「ありがとう。テスト勉強がんばるよ」

このときのぼくはいやな予感を抱えながらも、レイヤとの通話を切ってしまったのだった。

7 その日のレイヤ

「なぁなぁ、レイヤ、今日の放課後ひま？　一緒に草野球しねぇ？」

「あっ、レイヤくんだ。駅前に巨大パフェのお店ができたんだけど、助っ人で来てくれない？　ウチらだけじゃ、制覇できる自信ないんだよね～」

「あのさ、レイヤ。このあいだの雑誌にのってたダッフルコートだけど、いつ買いにいく？」

「レイヤくん、見て見て！　うちのネコが子ネコを産んだの」

オレは声をかけてきたクラスメート一人ひとりに「悪い、今日はバイトがあるんだ。また明日な」「土曜日ならオッケーだよ」「二十五日の給料日後かな」「うっわ。めっちゃかわいいじゃん！　今度、さわらせてよ」と返事をして、バイト先であるカラオケ店へ向かった。

オレはここで週に三日、受付係として働いている。

その日も、午後五時から九時まで休みなく働いたオレは、店長におごってもらったジュースを手に休憩室へ向かった。

スマホに「カフェ祭　チケット　定価」と入力して検索をかけてみる。すると、気になる「つぶやき」がヒットした。

——友だちと五人で行く予定だったんだけど……。急な用事が入って年末の「カフェ祭」行けなくなっちゃった〜　だれか、チケット五枚セットで買い取ってくれませんか？　定価で譲ります！！！

「マジかっ！」

思わず叫んで立ち上がると、パイプイスがガタッとゆれて後ろに倒れた。

翌日。オレはさっそくクラスのカフェ・ムーンファン四人を前に、「おい、おい、おい、おい、大事件だよ！　年末の『カフェ祭』のチケット取れるかもしんねぇぞ」と切り出した。

案の定、飢えた野獣みたいに野郎どもがくらいついてくる。

「マジかよ？　だってレイヤ、ファンクラブの抽選にもれたんだろ？」

こいつらはカフェ・ムーンファンを自称してるけど、だれ一人としてファンクラブには入っていない。オレに言わせれば、ファンの風上にもおけないやつらだ。

「ファンクラブの抽選には、はずれたよ。でも、これ見てみ。五枚セットで譲ってくれるってさ！」

そこで、オレは、昨日、ＳＮＳで見つけた「つぶやき」をみんなに見せつけた。

「うっわ！　ガチなやつじゃん！」

「五枚って、ちょうどいいんじゃね？」

「ライブまでの日数的にもこれが最後のチャンスっしょ！」

三人が前のめりで食いついてくる。

「だろ？」

オレが得意げに切り返したところで、「マジでガチなやつなの、それ？」と、残る一人が言った。

モテギだ。モテギは眉間にしわをよせたまま、話を続ける。

「だいたいさぁ、その『つぶやき』、三日前のやつじゃん。チケットが超絶入手しにくい『カフェ祭』だぞ？　どっかのオタクがコンタクト取ってるに決まってるだろ」

やっぱり、そうきたか。

オレは得意満面でモテギに言い返してやった。

「それなら問題なーし！　実際、昨日の夜に連絡してみたけど、チケットなら、まだ手もとにあるってさ。五枚セットってところがネックになって、なかなか買い手が見つからないらしい。念のため、その人の過去の『つぶやき』とかもチェックしてみたけど、めっちゃいい人だったよ！　その人も、にわかファンとかじゃなくて、本当にカフェ・ムーンが好きな人に行ってもらいたいって。オレがファンクラブの抽選にもれたって話したら、じゃあ、ぜひって！」

「うぉぉぉぉ！　信じらんねぇ。行けんのかよ、カフェ祭！」

一人が叫んだので、オレは釘をさした。

「そのかわり、チケットは定価とはいえ、一万円するけどな。そのへんは大丈夫だよな？」

「もち！　とりあえず親に借金するよ。で、短期のバイトをさがす」

「オレも」

「じゃあ、オレもそうする！」

「で、モテギはどうするんだよ？」

今回のチケットは五枚セットで買い取ることが条件だ。どちらかといったらモテギは苦手なタイプだけど、メンツをそろえるためには仕方がない。

オレがたずねると、モテギは「レイヤが絶対に大丈夫って言うなら行くよ」と、オーケーしてくれた。

「大丈夫、大丈夫！　ちゃんとチケットは代引きにしてもらうし、事前に連絡先とか聞いておくからさ」

オレは、すでにSNSで「オギっち師匠」という親友をつくった経験から、今回も問題ないだろうとふんでいた。

オレは四人の飢えた野郎どもに「そんじゃ、明日、かならず一万円持ってこいよ！」と、威勢よく言い放ったのだった。

8 レイヤ、念願のチケットを手に入れる

年末にひかえたライブまで時間がないということもあって、チケット売買の話は一気に進んでいった。

取り引き相手の女性は、住所や氏名、電話番号を自分から明かしてくれた。それに、オレがチケット代は先払い（さきばらい）ではなく、代金引き換え（ひきかえ）にしてほしいとたのむと、「わかりました。じゃあ、〇日〇時着で郵送（ゆうそう）しますね！　その日なら学校も休みだから受け取れるでしょう？」と、すんなりオーケーしてくれた。

やっぱ、思ったとおりだ。めっちゃいい人じゃん！

オレはカフェ祭に行けることがうれしくて、ビデオ通話でオギっち師匠（ししょう）にも報告した。オギっち師匠（ししょう）はもちろん、「よかったな！」と喜んでくれた。

運命の日、約束どおりの時間帯に「ピンポーン」と、玄関の呼び鈴が鳴った。

「はい、はい、はーいっ」

オレはころがり落ちそうな勢いで階段をかけ下りると、玄関のドアを開けた。

「代引きでお届けものです」

郵便局の兄ちゃんに差し出された封筒は、窓あきタイプだった。透明セロハンの向こうに、なじみのあるカフェ・ムーンのロゴやカフェ祭の日時が見えている。

よっしゃ！　本物！　まちがいなし!!

「うぃーっす。ありがとうございました！」

オレは大きな声でお礼を言って、事前に集めておいた五万円と手数料を支払った。

せっかくだから、学校に持っていって、みんなの前で開封してやろう。きっと、あいつら盛り上がるぞ～！

そう思ったオレは、翌日、意気揚々と学校へ向かった。

九州とはいえ、底冷えする十二月。はきだす息は白く、指先が寒さできゅんとかじかんだ。それでも、カフェ祭のことを思うと気持ちははずんだ。繰りだす足がリズミカルに地面をけっていく。

「おぅおぅおぅ、野郎ども！　チケットを持ってきたぜぃ！」

オレは教室に飛びこむと、獲物を待ちかまえていた四人の前で窓あき封筒を見せつけた。

「うおー、めっちゃテンション上がる！」

「早く早く！　座席番号、確認しようぜっ」

「まぁまぁ、そうあわてなさんなって」

オレはもったいぶって、封筒を少しずつ破いていった。

「じゃーん！」

そう言いながら、中に入っていたチケットを野郎どもに見せつける。

へっへっへー。

得意げに周囲を見渡していたオレは、次の瞬間「あれ？」と首をひねった。その場にいるだれ一人として、盛り上がっていなかったからだ。

「なんだよ？　どうしたんだよ？」

そう言いながら、四人に見せていたチケットをあらためて見てみると、なんだか紙が安っぽい気がした。カラーインクがにじんで、カフェ祭のロゴもぼやけている。

「それ、本物か？」

「いやいやいや、本物に決まってるだろ！」

オレは言い放った。

「ちょっと見せてみろよ。……これ、裏が真っ白だぞ」

「本当だ。オレが前に行ったライブのチケットは裏にもびっしり注意事項が書いてあったぞ」

「確かに！」

「だまされたんじゃないか？　そのチケット、ニセモノだろ!!」

モテギにとどめのひと言をつきつけられて、オレはうろたえた。

「いやいやいや、そんなはずは……。だ、だって、『つぶやき』の履歴とか調べたけど、めっちゃいい人みたいだったし。それに、そうだ、連絡先！　オレ、万が一を想定して住所や電話番号も聞いておいたんだよっ」

さっそく、教えてもらった連絡先に電話をしてみる。

お客様がおかけになった電話番号は現在、使われておりません……。

機械が冷静な声で現実を告げた。

「いやいやいや、ウソだろ……」

オレはひざからくずおれそうになるのをなんとかこらえた。

四人が「おい～。オレの一万円、どうしてくれんだよ」「もしかして、オレたちの金、もどってこないわけ？」「なんとかならないのかよ」「おい、どうすんだよ、レイヤ」と、つめよってくる。

どうやら、オレはチケット詐欺（さぎ）にあってしまったようだ……。

9 ぼく、デートにさそわれる

三日間続いたテストが今日で終わった。

帰り支度をしていると、「ちょっと、オギノくん！」と、女子の一団がぼくのほうへ近づいてきた。

「ほら、ミナミ。言っちゃいなよ」

「そうだよ。テストが終わったら言うって約束だったでしょう？」

女子たちはミナミの背中を押しながら歩いてくると、ぼくの前で止まった。

なんだろう？

ミナミを見ると、いつになく顔が赤かった。モジモジしていて、目を合わそうともしない。

不思議に思っていると、リーダー格の女子が切りだした。

「この子が話したいことがあるって言うから、聞いてあげて」

「ミナミが？　ぼくに？」

突然のことで、ぼくは頭が混乱しそうだった。だいたい、四月に高校に入学してから今日までの約八か月間、ぼくはミナミを意識しつつも距離はちぢめられずにいた。たまに口をきく程度だったから、「話したいことがある」なんて言われると身がまえてしまう。

戸惑いながらもミナミに注目していると、「やっぱ、いいよ。やめておく」と、ミナミがきびすを返そうとした。

「だめだよ。今日、ちゃんと伝えるって約束したでしょ」

「そうだよ」

「言っちゃいなよ」

女子たちに説得されている。

ミナミは顔を真っ赤にしてもう一度ぼくを見ると、「……今度、一緒に遊びにいかない？」と、小さな声で言ったのだった。


その日の晩、十日ぶりくらいに、レイヤとビデオ通話をした。

「よう、レイヤ。ひさしぶりだな！　そろそろカフェ・ムーンのライブだっけ？　カフェ祭っていうんだろ？　うちのクラスにもファンがいてさ……」

テンションMAXで話しだしたぼくだったけれど、青白いレイヤの顔を見て口をつぐんだ。

「何かあったのか？」

「オギっち師匠……オレ、オレ……」

レイヤは神妙な顔で、この十日間のあいだにおきた事件について話してくれた。

「……そっか。そんなことがあったのか」

SNSで知り合った女性にチケット詐欺にあったというレイヤは、友人を巻きこんでしまったことを何よりもくやんでいた。さらにショックだったのは、その友人たちはレイヤをなぐさめるどころか、今すぐにチケット代を返せと言っているらしい。クラスでも居場所がないとか。

「うかつに相手を信用したオレがいちばん悪いんすけど……」

「うん、そうだよな。悪気があってこうなったわけじゃないんだし、責められるとキツイよな」

ぼくはそう言ってうなずきながらも、いつ、ミナミとのデートのことを切りだそうかとタイミングを見計らっていた。

こんなときに話すような話題ではない。それはわかっていた。だけど、ぼくもぼくで、せっぱつまっていた。

なにしろ、これまではレイヤのアドバイスにしたがって学校に着ていく服を決めてきた。きっと、ミナミがデートにさそってくれたのは、最近のぼくがいい感じのファッションをしているからにちがいない。デートにさそってもらえてすごくうれしいけど、何を着ていけばいいか、ぼくにはわからなかった。一回目のデートが肝心だとよく話に聞く。特別な日だからこそ、特別な服装があるにちがいない。

最初のうちは「うん、うん」「わかるよ」「レイヤは悪くないよ」「つらいよな」などと相づちを打っていたぼくだったけれど、レイヤの話が堂々めぐりでなかなか終わりそうにないので、ついイライラして口をすべらせてしまった。

「もういいよ。レイヤがつらいのはわかったって。そんなことよりもさ、じつは、クラスの女子とデートすることになったんだ！　前に話したと思うけど、ミナミって子。当日は何を着ていけばいいかな？　レイヤなら、はじめてのデートはどんなかっこうで行く？　やっぱ、このあいだ買ったＰコートを着るべきかな？　それとも、ここは男らしくライダースジャケットを買いにいくべき？」

「……」

レイヤのさめたまなざしを目の当たりにした瞬間、「しまった！」と思った。

「オギっち師匠もか。あいつらと同じだったんすね。オレのことより、自分のことがかわいいっていうか。ま、そりゃそうか」

「ご、ごめん。女子にデートにさそわれたのがはじめてだったから、ついうかれちゃって……」

「いいっすよ。どうせオレなんか、その程度の存在なんでしょ？　オレには、オレのことを本気で考えてくれるような友だちはいないんですよ！」

「お、おい、レイヤ？」

10 ぼく、決心する

すっかり日が暮れたころ、ぼくはハヤトにレイヤとの一件を話し終えた。

「じゃあ、それっきり、レイヤってやつとは音信不通なのか？」

「まあね。再接続をこころみたけど、ダメだった。そのあとも何度かチャレンジしてみたんだけど、レイヤはビデオ通話に応じてくれなくって……」

ハヤトは群青色に染まっている窓の向こうへ目をやった。

「そっかー。オレの知らないところで、そんなことがあったのかぁ。でもさ、ネットトラブルって、マジでやっかいだよな。オレも被害にあいそうになったことがあるから、レイヤってやつの気持ち、よくわかるよ」

「えっ、そうなのか？」

ぼくがハヤトの突然の告白におどろいた直後、「ネットトラブルねぇ」と、今度は背後から声が聞こえた。

「ズッキー！　いつの間に？」

教室の入口にもたれかかって、パソコン部顧問であるズッキーが立っていた。

「わりと最初から、ここにいたんだぞ」

「全然、気づかなかった！」

ズッキーはぼくたちのほうへ歩いてくると、隣のパソコンをいじり始めた。

「何をさがしてるんですか？」

「いや、確か、あるネット企業がネットトラブル回避の啓蒙につながる作品を募集していたはずなんだが……おっ、これだ、これだ」

そう言いながら、ズッキーはモニターをぼくたちのほうへ向けてくれた。

「なになに？　ネット啓蒙グランプリ？　優秀賞に選ばれた作品は、ネットで公開されるって書いてあるぞ。授賞式は豪華ホテルでおこなわれるらしい！」

募集要項によれば、作品の形式は自由のようだ。動画でも読み物でも、ネットトラブル回避の啓蒙につながるものであるなら、なんでもいいらしい。

ただし、締め切りまであと一か月しかない。

「せっかくの機会と考えて、その友だちのために何かつくってみる価値はあるんじゃないか？」

ズッキーはそれだけ言うと、部室を出ていってしまった。

残ったぼくたちは話しあった結果、そのコンテストに出品することを決めた。

帰り道、最寄り駅でハヤトと一緒に電車を降りると、クリスマスのイルミネーションが派手に点灯していた。

ミナミとの約束は、あさってだ……。

家に帰ったぼくは、ＳＮＳでミナミにメッセージを送った。
ＳＮＳをきっかけに知り合ったレイヤのこと、その子があったネット被害のこと、そして、ぼくがしてしまった心ない対応についてもすべて書いた。

《できれば、今日からしばらく作品づくりに取り組みたいんだ。まずは、プランを考えるところから。一緒に遊びにいくのは、そのあとじゃダメかな？》

ドキドキしながら待っていた。
しばらくして返ってきたミナミからの返事には、こんなことが書かれていた。

《オギノくんはいつもパソコンルームで黙々とイラストを描いてるよね？　パソコンを自在にあつかえるなんて、すごいなって思ってた。コンテストが終わるまで一緒に

出かけられないのは残念だけど、いい作品ができるといいね。今度、わたしにもパソコンのこと教えてね》

ぼくは胸（むね）の中でガッツポーズをして、すぐに「ホント、ごめん」とあやまった。

「ごめん」の先にいるのはもちろん、ミナミとレイヤだ。

11 ぼく、作品づくりに取りかかる

さっそく翌日から、ぼくとハヤトは作品の打ち合わせに取りかかった。

ちなみに、ハヤトがネットトラブルにあったのは、中学二年生のときだったらしい。ちょうどスマホの*オンゲにはまっていた時期で、ある貴重なアイテムを無料で手に入れることができるというサイトを見つけたのだという。

「メールアドレスを登録したんだけど、何もおこらなくてさ。なんだよ、ちくしょーって感じでいたら、後日、すっげぇ高額な請求メールが送られてきてビビった」

指定の金額を振りこまない場合は法的に訴えるなど、脅し文句も入っていたようだ。結果的には親に相談して事なきを得たものの、ハヤトはそのときにネットの怖さを思い知ったのだという。


*オンゲ……インターネットを利用してプレイする「オンラインゲーム」の略。

「うっかりとか、ついとかさ、心に魔がさしたときにネットトラブルにあうと思うんだ。それはオレにかぎったことじゃなくて、だれにでもトラブルに巻きこまれる可能性はあるんだ。でも、巻きこまれる前は、自分は大丈夫って思っちゃうんだろうなぁ」

ハヤトにそんな過去があったなんて知らなかった。お調子者でサッカーバカ……ぼくとはちがって悩みなんて何もないと思いこんでいたのに。

「もしかして、その経験があったからパソコン部に入ったのか？」

念のためそうたずねると、ハヤトはこくんとうなずいた。

「将来は、ウィルス対策用の完全無欠なプログラムを開発したいと思ってるんだ！」

いろいろ話しあったすえ、ぼくたちはフローチャートのクイズ形式で、ネットの怖さを知らせる作品をつくることに決めた。クイズ形式にしたほうがとっつきやすいし、意欲的に学んでもらえる気がしたからだ。

むずかしくなりすぎないように、出題文の言葉づかいには気を配った。
たとえば、クイズの出題はこんな感じにした。

問題　友だちと遊ぶ約束の時間まで家でスマホをいじっていたタケシくん。友だちのSNSを見ていると、「すっげぇカラフルな気球が飛んでる!!」という投稿があったので、さっそく、ベランダへ出て気球の写真を撮ってみた。
「投稿する写真はどっちにしようかな～?」

A　街のシンボルタワーのすぐ上空を飛んでいる気球の写真
B　カラフルな気球と青空のコントラストがきれいな写真

答え　Aの答えを選んだあなた！　風景写真を撮ったつもりかもしれませんが、背景に写っている建物などの角度、そして、過去にアップした写真や書きこみなどを照らし合わせると、あなたの住所が判明する危険性がありますよ。

Ｂの答えを選んだあなた！　今回はネットトラブルを事前に回避できましたが、油断は禁物ですよ。カメラのＧＰＳデータから、撮影した場所、すなわちあなたの住所がつきとめられるおそれがあります。ネットに画像をアップするときは、ＧＰＳデータの位置情報を消去しておくほうが安全です。

文字だけの作品は敬遠されると思ったので、ぼくのオリジナルイラストを入れて、背景のデザインもカラフルなものにした。

解いている人が適当にこたえるのをふせぎたかったので、ところどころ、ひっかけ問題をまぜてみた。

正答率が高い人には、あとあとむずかしい問題が出題されるよう、ハヤトにプログラミングしてもらった。

答えの解説文が適切かどうか確かめるため、最後は、顧問のズッキーに添削をお願いした。

「いい感じに仕上がってきたじゃないか。そうしたら、あとはここをこんなふうに言いかえて、ここを、こうして……タイトルを決めたら、完成でいいんじゃないか？」

ズッキーにそう言ってもらったとき、すでにカレンダーは一月の最終週にさしかかっていた。

《ついに応募作品が完成したよ！　今度の日曜日はあいてる？　一緒に遊びにいこう》

ぼくはさっそくミナミに連絡をした。

12　二人の再会

三か月後。

ゴールデンウィーク二日目のその日、都内のホテルで「ネット啓蒙グランプリ」の授賞式がおこなわれた。

「優秀賞は、飛葉高校パソコン部！　荻野謙介くん、篠島隼人くん、檀上へどうぞ」

司会者に名前を呼ばれたぼくたちは、拍手をあびながら、ふかふかのじゅうたんの上を歩いた。

金びょうぶの前で表彰状とトロフィーを授与されて、おずおずと頭を下げる。

その後のインタビューには、新聞社やネット企業の関係者など、さまざまな人たちが押しかけてきた。

生まれてはじめてたくさんのカメラとマイクにかこまれて、ぼくたちはすっかり舞い上がった。主にハヤトがプログラムをつくって、ぼくがイラストを担当したこと、出題文と解説文は二人で考えて、顧問の鈴木先生に添削をたのんだこと、期日まで間がなくて大変だったことなど、クイズを作成するにあたって苦労した点やくふうした点について話した。

「そもそも、どうして啓蒙クイズをつくろうと思ったんですか？　何かきっかけがあったんですか？」

最後に、記者の一人からそう質問されて、ぼくは、今やすっかり疎遠になってしまったレイヤのことを思いうかべた。

ワックスでキメた無造作ヘアに鼻ピアス、指にはごっついアクセサリー。『魔界の受難』のヘイトルと、アイドルグループのカフェ・ムーンが大好きで、放課後探検隊を自称していたレイヤ。きっと、学校ではハヤトみたいに多くの友だちにかこまれていたにちがいない。

ぼくとレイヤはまったくタイプがちがっていたけれど、SNSを通じて出会い、仲よくなることができた。どんなこともレイヤになら話せたし、ぼくもレイヤにとってそういう存在(そんざい)でありたいと思っていた。

確かに、使い方をあやまるとネットはとても怖(こわ)い場所になる。けれど、現実世界では接点が見いだせないようなタイプの人とも気軽にコミュニケーションが取れるという点は、ネットならではのよさだと思う。

「ネットトラブルに巻(ま)きこまれた親友のことを思ってつくりました」

ぼくはその記者に向かって、はっきりとこたえた。

ネット啓蒙(けいもう)グランプリ授賞式の模様(もよう)は、その日の夕方にはネットニュースのトップに上がっていた。

「現役高校生、ネット啓蒙クイズを開発！」という見出しがついている。

緊張しながら授賞式の写真がついたニュース記事をチェックしていると、ひさしぶりにビデオ通話の呼びだしがあった。

「もしかして、レイヤ？」

だけど、なんて話しかけたらいいんだろう？

ドキドキしながら応じると、すぐに画面が切りかわって、レイヤの顔がうつしだされた。

「……オギっち師匠。ひさしぶりっす」

レイヤは金髪の坊主頭になっていた。おどろきのあまり、直前までの緊張はやわらいだ。

「その頭、どうしたんだよ？」

「あ、これ？　これは……って、オレのことはいいんですよ。さっき、ネットニュース見ました。師匠、啓蒙クイズをつくったんすね。イラストの構図が抜群によかったっす！　ひょっとして、また腕を上げたんじゃないっすか？」

しばらく音信不通だったのに、以前とかわりなくぼくのイラストをほめてくれるのがレイヤらしい。ぼくは思わず笑ってしまった。

「元気にしてたか？」

「うぃーす」

いつもの返事が返ってくる。

「みっちり一か月かけてつくったんだ。もしよければ、レイヤもクイズに挑戦してみてくれよ」

「えー、どうしよっかなー。オレ、頭が悪いんで、どうせ一問も解けないっすよ……というのはうそで、じつは、すでに挑戦ずみっす！」

「マジで？」

「もち。だって、あれ……オレのためにつくってくれたんすよね？」

レイヤは少しはずかしそうにぼくを見た。

「そうだよ」

「オギっち師匠に親友って言ってもらえて、メッチャうれしかったっす」

「だって、本当のことだろ」

ぼくはレイヤをまっすぐに見て、そう言った。

解説

ITジャーナリスト　高橋暁子

◎ネットで知り合う人には、いい人もいるが、悪い人もいる

オギノは、「ネット啓蒙(けいもう)クイズ」をつくって公開しました。レイヤやほかの人たちが、もう悪い人にだまされて悲しい思いをしないようにするためでした。情報を管理・活用する力（情報リテラシー）を身につけることは、安全にネットを利用するためにとても大切です。

SNSを使うと、オギノのようにイラストを公開したり、演奏(えんそう)や歌、ダンスなどを公開したりして、ほかの人に見てもらえます。自分の得意分野を評価してもらえるだけでなく、レイヤのように普通(ふつう)なら知り合えないはずの人とつながれるというメリットも大きいでしょう。このようにネットやSNSはとても楽しいものですが、ネットで知り合う人の中には悪い人たちも多数混じっています。

「ネットでやりとりすれば相手がいい人かどうか、すぐにわかる」と自信を持っている人が多いかもしれません。しかし、被害(ひがい)にあった子どもの多くも、加害者のことをいい人だと信用して痛(いた)い目を見ているのが現実です。

◎ネット上で知り合った人と安全にやりとりするには細心の注意が必要

SNSやネットを通じて相手が信頼できる人かどうかを調べる方法がいくつかあります。

①相手の連絡先を複数聞き、実際につながるか確認しておくこと。ただし、電話番号やメールアドレスは使い捨てのものがあるので注意が必要です。

②相手の名前や連絡先で検索をかけ、悪い評判がないかどうか、実在する人物かどうかを調べること。リアルな人間関係を感じさせる人とのやりとりが見られたら、実在する人物の可能性が高くなるでしょう。

③SNSのアカウントができた時期を調べ、新しいアカウントの場合は疑うこと。編集できない過去の書き込みや、やりとりしている相手の考え方や書き込み内容を調べ、信頼できるかどうか吟味しましょう。

◎情報リテラシーを身につけて危険に対処する

レイヤは、SNSで過去の書き込みを見て相手を「いい人そう」と感じ、念のため代引きでの取り引きにし、窓あきタイプで中身を確認していたにもかかわらず、だまされています。さまざまな手をうっても、確実に詐欺を防ぐことは難しいので注意してください。

あとがき

NHK「オトナヘノベル」番組制作統括　小野洋子

オンラインゲームの仲間には、学校の友だちには言えない悩みも話せる。そんな十代の声をたくさん聞きました。その一方で「ゲームの中のコミュニケーションは簡単。あくまで簡単なものだから現実には生かせない」と話してくれた人がいます。その人は、十代のころに、いわゆる「ネトゲ廃人」になってしまった経験の持ち主。家のこと、学校のこと、リアルな悩みとは切り離されたゲームの世界は、すごく居心地がよかったといいます。二十時間ゲームをし続けたこともあったそうです。では、どうやって立ち直ったのか？　きっかけは「小さなことでもいいから社会とのつながりをもったほうがいい」と熱心に声をかけてくれた恩師の言葉だったそうです。つまり、まず避けていたはずの「リアルな人」に救われたのです。「誰かを頼っていいから、まず一歩、行動することが大事」だと、その人は番組にメッセージを残してくれました。

この本の物語は体験談をもとに作成したフィクションです。登場する人物名、団体名、商品名などは架空のものです。

〈放送タイトル・番組制作スタッフ〉

「ハデス・バトラー ～破滅の女神～」（2015年10月29日放送）
「ハデス・バトラー ～復活の勇者～」（2015年11月5日放送）
「ネットの“悪”もうだまされない！」（2016年3月10日放送）
プロデューサー……伊槻雅裕（千代田ラフト）
ディレクター………小林純也、藤井裕美（千代田ラフト）
制作統括……………小野洋子、錦織直人

小説編集……………小杉早苗

編集協力　ワン・ステップ
デザイン　グラフィオ

NHKオトナヘノベル　ネトゲ中毒

初版発行　2017年1月
第6刷発行　2020年3月

編　者　NHK「オトナヘノベル」制作班
著　者　鎌倉ましろ
装　画　げみ

発行所　株式会社 金の星社
〒111-0056　東京都台東区小島1-4-3
電話　03-3861-1861（代表）
FAX　03-3861-1507
振替　00100-0-64678
ホームページ　http://www.kinnohoshi.co.jp

印　刷　株式会社 廣済堂
製　本　牧製本印刷 株式会社

NDC913　208p.　19.4cm　ISBN978-4-323-06212-9